青春科幻小说

爱向太平洋

Love Into The Pacific

陶明阁 著

上海三联书店

目录

序言

本书最早写于 2002 年的冬季,大约是我高二的时候。当初先写了《爱向太平洋》,随后在 2003 年的高考前夕又补充性地叙述了前传《浪漫手牵手》。但后来有不少大学同学读后觉得爱情小说应有个圆满的结果,故到了 2004 年的夏季又续写了《天荒情未了》,总算走完了这爱情三步曲。

此为十周年纪念版,在原著的基础上做了一些删减和调整。

小说描述了男主人公因缘结识了儿时的救命恩人女主人公,两人很快发展成为了恋人。其间发生了不少啼笑皆非的故事,后因男主人公眼睛失明到国外医治,以致恋人两地相隔;待男主人公眼睛康复后，去寻女友时巧遇其母亲却发生了误会，从而牵出了三代人的恩怨情仇。因囿于成见而棒打鸳鸯，女主人公含恨病终，以致恋人阴阳相隔；男主人公伤心欲绝，殉情未果。面对生离死别，男主人公不离不弃，决定放弃一切，卧薪尝胆、潜心研究生命医学。在贵人帮助下，后经十九年的苦心研究，历经坎坷磨难，最终救活了女主人公。

前奏篇

浪漫手牵手

HAND IN HAND WITH ROMANTIC

第一章

夏进中学校园。

这个古味浓郁的校园，伴着新年钟声的罄响，聚满了她那百年的历史。在沧桑的百年岁月中，她饱经风霜，目睹封建社会与殖民时代的衰落，历经了战火纷飞二次大战的苦难。在新的一个世纪里，她不敢奢求全世界没有战争动乱，庆幸全球的绝大多数地区还能和平与发展。

夏进中学此刻也显露着时代的繁荣。数栋古建筑和着一片花海，将这个老牌学校衬托得更具古色古香，校园里并不缺少时尚的气息与浪漫的青涩。这里不乏倜傥蕴藉、才华横溢的教师，尽心尽责不单是校长的要求，更多是受到了时代的感召。

在百年岁月中风尘仆仆地走了过来，使得她名扬四海、桃李满门。

近年来学校也受到了SBC卫视的宣传报道，使之成为华人与外籍学生各半的国际学校。

SBC卫视老总王少庭的女儿——王丽也在夏进中学读书。王丽生为大家族的子女，成长在簇拥的环境下，度过了欢乐的豆蔻年华，迎来了青涩的妙龄时代。少女的情窦如蓓蕾般欲欲绽放，清纯靓丽的外表透露着蕙质兰心般气质。

元旦假日里，王丽陪着母亲潘洁去济州岛，看望隔海相望的外公外婆。

周末返回夏进中学后，王丽感到很疲倦，她便回到宿舍躺了下来。旅途疲惫之余，本应很快进入梦乡，但却还沉浸在外婆给她讲的故事里，那故事中的男主人公使她深深地迷恋了……

千山暮雪、暮色朦胧，窗外寒风凛冽，苍茫的月光沉沉的夜。

不多时候，这夜的月光蠢蠢欲动，要拨开那浮云迷雾，但这刻间的云迷雾锁，却狠命地笼罩着人间。守护着那女孩的梦，这个梦也是故事的开始。

“寅寅，昨夜里我做了个很美妙的梦哦！那个梦影好真实哦，呵呵……”霎时，她的脸庞隐隐泛红。今天王丽心情甚好，缘于久违的第六感来了，心事忍不住对好友倾诉着。

张寅寅是个温柔娴静的女生，听了好友的倾诉后，她边整理课桌上的书籍，边嬉戏道："唉！王丽，你的第六感觉又作怪啦！你呀，小心变成花痴哦。"只见王丽津津乐道："别胡说啊，才不会呢！不过呢，那个梦影真的很那个……"王丽心有余悸般的回忆道。

"哪个？王丽你可要小心啦，像你这个样子啊，可会得相思病哦。一个梦就这样子啦……喂！你干嘛？"正当得意之时，她手中的画被王丽抢了过去。

抢到画后，王丽便高举了起来，她叫道："噢……花痴小姐画的是林利南啊，寅寅你对他动真情啦?!""喂，快还给我啦！张老师来了。"张寅寅正与王丽嬉戏时，班主任张佳丽踏着窈妙的脚步来到了教室。

教室里顿时鸦雀无声，张佳丽提高嗓门喊道："各位同学请安静一下！跟大家宣布一件事情，今天有位新同学要来夏进中学，转到我们班级……"这时候，她严肃的脸上露出了几分温雅的笑容，正要说下去却被一群男同学给吵断了。

花木，王丽的表哥，是个油嘴滑舌的家伙。见他率先起哄道："是男生还是女生啊?"随即听到教室里和起一阵高音："是帅哥还是靓妹啊?"不知班主任是女流之辈、软弱可欺，还是学生们天生偏爱出风头，听风就是雨。

这时候，倚靠在椅子上的张寅寅嘀咕了起来："唉！这群男生也真是的……王丽，你猜这位不速之客是男生还是女生啊?""我不知道啦……"王丽温雅地笑了笑，此刻她心里也挺高兴的：是来个姐妹好呢，还是来个帅哥养养眼?

"听老师说好不好？嗯……这位即将到我们班的同学，名字叫陶雨，至于是男同学还是女同学，呃……我也不知道啊，应该男同学吧。"张佳丽话音未落，便再次遭到学生起哄道："老师，怎么会不知道呢？"

张佳丽惊讶道："早上校长才告诉我嘛，但校长也没说是男是女啊。"

"嗨！这么重要的事怎么可以不知道呢，真让人扫兴！"怎料这群男生可起劲了，谁都清楚他们是想要来个沉鱼落雁的美眉。张佳丽没料到她的学生会对此点争论不休，欲要问破锅底，无奈道："呵……有这么重要吗？"异口同声答道："当然重要啦！是男是女都不分，搞错对象咋办？""好了，好啦！别再吵了，待会人家来了不就知道了嘛，还请大家盛情以待吧。对了，大家说请陶雨坐在哪个位置好啊？"

一位文质彬彬的女生建议道："老师，王丽和张寅寅她们那儿有空着的位置。"都以为就这样敲定了，却忽然听到："我反对！老师，我这儿不是也有空着的位置嘛，不如……"那油腔滑调中似乎带着些霸道，该班的体育委员林利南。他是一直都喜欢着张寅寅的，但近来并不专情于这个发小了。之所以他要反对，一来陶雨若是个男同学，则不便于对他横刀夺爱；二来若是个沉鱼落雁的美眉，便可以近水楼台先得月。林利南挺会打如意算盘的，他怎么不想陶雨若是个暴君，或是个丑女……"哇！林利南，你有何居心啊？别以为我们不知道！"林利南自告奋勇，却不料把自己搞得恼羞成怒，"我……什么居心都没有，别起哄啦！"

"好啦，大家都别吵了！都快考试了，还整天胡闹呢！这位新同学的位置就准备在王丽跟张寅寅那儿吧。"张佳丽说完后，便气呼呼地走出了教室。

喧嚣尘上，而又尘埃落定。这会儿见王丽和张寅寅喜上眉梢，两对眸子莹然有光，神采飞扬。“王丽，如果陶雨是个女生就让她坐在我这边好吗？”张寅寅闪亮的眼睛眉飞色舞，双手抱着同桌王丽的臂膀左摇右晃。此刻，王丽用手托着脸庞，那神采奕奕的眼眸楚楚动人：“干嘛呀，你是说如果那陶雨是个男生，就让他坐在我这边吗？”她不禁媚笑一下，“可我总有些不好意思嗳……”

“哎呀，有什么不好意思嘛，现在的女孩子就是要主动大胆一些呀。嘻……瞧你美的！你的第六感觉已经来了，我猜呀，你那第一感觉就快出现了，你就准备为他钟爱一生吧！”张寅寅以烂漫之态，口若悬河地笑道。

“喂！你可别乱说啊，乱点鸳鸯谱！现在那人是男是女都不晓得呢，若要是个女孩子，你让我跟她同性恋呀，才不要呢……”霎时间，回忆起了昨夜梦境。王丽转身看着窗外，望眼欲穿那烟雨霏微，期待梦中人的出现……

不多时侯，教室外面停下了一辆越野车。夏进中学的校长和张佳丽老师迎了过去，见司机拉开车门后出来一个人，这人便是陶雨。他身着黑西装蓝衬衣，身材高大、体格健硕。笑语间使得他那秀气的脸庞更加英俊潇洒、玉树临风。

随后又下来一位气质高雅而又沉敛的女士，正是陶雨的母亲陈蔚静。

半岛地区的行业巨头，远洋货轮制造公司和远洋运输物流公司，是陈蔚静的父亲陈宗杰在二战后创立的，现属陈氏集团旗下。陈宗杰现年事已高，便将集团事务交给大女儿陈蔚静、女婿陶振声、小女儿陈蔚宁管理运营。

看到窗外的场景后，张寅寅对着王丽乐道："恭喜你啊，好像是个男生哎。"

"头发有些长应该是个女生才对呀。"王丽回道。

"现在的女生很少有穿西装的，我敢肯定陶雨是个男生。"张寅寅她判断得很准确。因王丽尚无恋爱经验，她暗自急道：唉！快把头转过来让本小姐看个明白。

不一会儿，陶雨便由张佳丽陪着向教室里走来。大家都认为这关键时刻终于到了，教室里不禁躁动了起来。

不料，张佳丽先进来了，激起一片失望声"唉——！"张佳丽丝毫不在意，吐气如兰微笑道："大家可以安静一下吗，我们这位同学到了，陶雨进来啊。"

陶雨走进了教室，同时向大家微笑点头。

这会教室里回落起一片叹声："喔——陶雨原来是个男生呀！"男生们失望之余庆幸得了个打架的帮手。陶雨他可对这片叹声不禁迷惘了。

"安静……下面请陶雨和大家认识一下。"说着，张佳丽便向陶雨做了个手势。出于礼貌陶雨向大家鞠了一下躬后说道："谢谢大家对我这么热情，非常感谢……"

“咦……这个人好像在哪儿见过哦?”王丽对他的面孔似曾相识。

“怎么? 可爱的小王丽,这么快就锁定人家啦。”此刻的张寅寅闷笑着道。

没理会她的挑逗,王丽依然在思索,霎时脸上隐隐泛红,轻声道:“寅寅,你看他好谦虚哦。不过、不过,我以前好像在哪儿见过他……”

“在梦里?”

“哪有!”

……

在教室前面的陶雨滔滔不绝地跟大家打得火热,“对了,刚才大家为什么那样说?”此时,张佳丽用手捂着嘴乐道:“哈……在这之前大家不知道来的是男生还是女生,故因此还开个讨论会呢,所以啊大家见到你后都会很好奇。”站在她身旁的陶雨忍俊不禁地乐道:“呵……我来夏进中学读书还有个原因,告诉大家我很喜欢动物,这附近有个很大的动物园和海洋公园。还有,希望和大家成为好朋友,谢谢!”

镜头对焦在张佳丽的一只纤纤玉手上,“陶雨你的位置是在那儿,靠近窗口的。”“哦,好……”陶雨会意着点点头拎着包向她们走去。

见陶雨步步逼近,王丽羞怯道:“寅寅,我该说些什么好呢?”“唉,当然是先请人家坐下啦,你该不会现在就要向人家表白吧,这么急着要对他以身相许?”只见王丽娇羞带怯地说道:“你胡说什么嘛,小声点啊! 现在我可没喜欢上他,只是好奇而已!”但已有好感,足够了。

“是吗,那以后呢……”

“你好烦人哦!”

“两位好!”不料这句问候却把她俩吓了一跳,在争吵中赶紧站了起来以示欢迎。张寅寅暗示着王丽,但是她却因一时紧张而低头不语。张寅寅见她不出声便微笑道:“请坐、请坐!”“啊……请坐、请坐……”这会王丽才跟着问候。陶雨将包放到桌子上后谦虚地缓缓坐了下来,他见教室里的很多人都望着自己,只好微笑点头……

窗外拂来一阵清风,陶雨倚靠在椅子上嘘了一口气:“哎哟……好累啊,早知道就不去爬山了。”这时王丽乘其闭目养神,便仔细端详着他……昨夜的梦、曾经的故事,她的眉宇间不禁透露着一丝忧伤……

“你右脚的伤好了吗?”

“嗯……啊? 你怎么知道我的脚受过伤?”

“你不记得我了吗?”

十多年前的盛夏,陶雨在乡下的爷爷家过暑假。一天傍晚,在渔场他帮爷爷投完鱼饲料后,便躺在山坡上,遥望夕阳西下,聆听蛙鸣吟唱。

晚风吹动芦苇荡,隐约闪烁着火光。出于童年的好奇,陶雨摸索着爬向山涧的芦苇荡中,数群萤火虫让他忘乎所以、乐不思蜀……由于在城里很难见到萤火虫,他便想多捕捉几只带回去哄表妹。然而正在他兴头上时,不料一脚踩空摔了下去。

“哎哟……疼死我啦! 来人啊,爷爷……”陶雨摔伤了头部和脚,不禁大声呼救着。

可惜呼叫了半天也没有见人来搭救，此时天色渐黑且伤痛难忍，他不禁哭泣起来。

正当他迷糊之际，隐约听到一个女孩的声音："咦……你怎么了？"

看到一个穿米色裙子的小女孩向陶雨走了过来，可能是由于疼痛难忍以致脾气暴躁，故吼道："没看见嘛，我受伤啦！"

"你好凶哦！不理你啦……"王丽在经过山涧的小溪边发现了受伤的陶雨。

"唉……对不起啦！麻烦您帮我叫一下爷爷好不好？"

"哦，你爷爷是谁啊，住在哪里？"

"我爷爷就是我爷爷了，他在山下的渔场。"

"渔场好远哦，嗯……我还是带你去茶园的外婆家吧，她可是医生呢。"

"哦，那谢谢你啊！"

"我来背你吧。"

"你能背得动我吗？哇，还真个女汉子！你们乡下人力气就是大啊。"

"你再贫嘴，我就不管你啦！我可是来茶园度假的，我们家在城里呢。"

"哦，我以后会报答你的……"

王丽背着陶雨走了一会后，实在累得不行了。休息了片刻后，她挽着他艰难地来到了茶园。"妈妈、外婆，你们快来呀！"

“丽丽，怎么了？”这时候，潘洁和母亲从茶园的房子中走了出来。

“有个人受伤了，还流了很多血呢！”

“小朋友，你怎么样？哪里受伤了？”

“阿姨，我的右脚不能动了。”

“你先坐下来，妈你看要紧吗？”

“我来瞧瞧……哦，他的脚可能是脱臼或者骨折了。还好头部伤得不重，只是皮外伤。小洁啊，你去屋里拿些药膏和纱布来。”

潘洁和母亲帮陶雨把伤口清创处理了一下，“孩子，你的脚可能是骨折了，需要送到大医院去治疗。你家里的电话是多少？”

却见他想了半天，迷迷糊糊回道：“不知道，我不记得了。”

“那你爸妈呢？”

“爸妈？哦，他们不在这儿，都在城里的家中呢。”

“妈妈，他之前说他爷爷就在山下的渔场。”在一旁的王丽插话道。

“山下的渔场？”潘洁似乎意识到了什么。

“这孩子该不会是……”

“看他模样应该是的，妈还是你给陶伯打电话吧，让他把孩子接走。”

“好……小洁啊，你先带着丽丽上楼休息吧……过去的事就别放心上了。”

“妈，我知道了。”说完，潘洁带着女儿王丽往楼上走去。

院子里一下子变得冷清了起来，此时陶雨的伤痛已经减轻了不少。四周打量一下，躺在长椅上等待着爷爷来接他。

“你还疼吗?”夜幕下,王丽偷偷地下楼来给他拿了个冰激淋。

“好多了,是你啊。”

“呵呵……”

“笑什么嘛,你是幸灾乐祸吗?”

“我妈说明天就回家了,你以后可不要调皮啦,不然没人来救你啦。”

“哦……”

“你看我的裙子都弄脏了,还有你是坏孩子!”

“为什么?”

“我妈说的啊,嘻嘻……可我不信,你只是调皮而已。”

“呵呵……谢谢啊!”

“谢我? 你之前说要报答我的呢?”

这时候陶雨从上衣兜里拿出两只萤火虫交到她手心,“哇啊……好漂亮哦!”

“唉,为了抓几只萤火虫差点把小命搭进去!”

“对呀,可你就用萤火虫来报答我吗?”

“嗯……那等我长大了娶你吧!”迷糊间,陶雨想到了结婚不久的小姨,他的小姨陈蔚宁是为了报恩嫁的人。

“啊……要我做你的新娘吗? 呵呵!”

“你愿意吗?”

“我记得人家不都是下跪求婚的呀?”

“可我今天伤成这样,下跪合适吗?”

“嘻嘻……那等你伤好了，再来向我求婚吧！”

……

两小无猜，嬉笑间，陶雨的爷爷赶到了。

陶振声、陈蔚静连夜赶到渔场将陶雨带回就医。

一年后，王丽的外公卖掉了茶园，和外婆移居济州岛。

眨眼间，过了一个月……

踏雪寻梅梅未开，伫立雪中默等待。

广寒冰阶犹觉冷，人间柳絮似春开。

微风过处，湖面上情不自禁地泛起层层跌宕涟漪。在那涟漪上打个滚地风，霎时蹿向那片天空，去聆听繁星说着呢喃细语，寻找爱的秘密……

看着王丽那美丽的容颜、活泼可爱的样子，他心里不由得产生爱慕。暗自庆幸道，唉！女大十八变啊，我当年的救命恩人变得这么漂亮，难怪我认不出来。只见他搭讪道：“哎，你喜欢看海狮表演吗？”

“我……我啊，嗯……喜欢！”她口是心非应付道。

“好勉强哦，真的吗？喂，寅寅你喜欢吗？”

“喜欢！”张寅寅干脆回道，闻之兴起，便冷漠了身边的小美女王丽。却见他一个劲地向张寅寅追问道：“哇……我可找到知音啦，那你喜欢狮子和猎豹吗？”

“喜欢！”她回答得更干脆，不经过大脑，现在就是说恐龙也会得到同样答案！反正吹牛也不用纳税。“太好啦！寅寅，下午我们去动物园和海洋公园玩好不好？”他说时不断将头向右边倾去，这就使得王丽只好向后倾斜着。此时被冷漠着的心一股醋意由然而生，她不时地撅着粉红的小嘴。

在一旁的张寅寅察觉出王丽面有愠色，便搭讪道：“好啊，王丽我们一起去。”“我不去啦！”这会王丽可十足闹着别扭呢。她的声音直冲着陶雨的耳朵，这一声可使他蓦然醒悟了。他随即闭上嘴巴把头缩回坐到原位上，不时地微笑着偷看她那生气的样子。

时值正午。

本该是午餐的时间，王丽却未去餐厅而是回了宿舍。此刻她心里面的那股醋意却丝毫未减，用力将门蹬上。可是她现在总担心好不容易盼来的爱情，会像过眼浮云那样逸散缥缈……正当她懊恼时忽然听到有敲门声，她口中念道：“海狮呀、海狮，我可被你害惨啦！可惜本小姐一直讨厌你。”“什么海狮啊？王丽，我们一起去吃饭好吗，今天怎么不开心了？”张寅寅回宿舍换过衣服后去餐厅路经王丽宿舍的窗口时，发现她在里面便问候道。王丽担心又会见到她跟陶雨打得火热场面，只好心神不宁地推辞道：“我……我早已经吃过了，我不去啦。”“吃过了？今天怎么这么早啊？”张寅寅的眼睛转了转揣测道：“王丽，你今天又在生谁的气啦？”

却见王丽装着一副若无其事、悠闲自得的样子，厌烦道：“没有啦！我今天很开心嘛。”“没有就算了，那我走了。”张寅寅只好慢慢地转身离去。“嘘……”王丽迅速将门给关上喘了一口气，怨道：“唉，本小姐干嘛要跟自己过意不去呢，虽然没胃口，可是肚子却纷纷抗议，得用果冻镇压一下。唉，真没用……”

正当王丽吃着果冻时，突然听到手机响起那曲熟悉的铃声，便知道又要承受一番唠叨，心不禁更烦了。原来她母亲潘洁打来的，她是福宏大学的主任，在百忙之余惦记着宝贝女儿，“丽丽，午饭吃了吗？”一句话道进王丽的心坎里了，只听她娇声回道：“妈，还……没有呢。”太委屈！这会潘洁不禁心疼道：“还没吃饭?！为什么？丽丽，告诉妈你又在生谁的气啦。”唉，女人怎么都爱问这个话题，她够烦的了，无奈回道：“妈——我没有生气呀！我去吃饭啦。”说着，她便赶紧将手机给挂了。

蓝蓝的天空飘逸着数朵白云，浓郁的春色伴着微风拂来掠过发梢。

落英缤纷，走在樱花丛林间，王丽漫不经心地将被风吹乱的秀发理顺于心，却远远见到陶雨和张寅寅在餐厅里一起走了出来。王丽心中不禁急道：不会吧，你俩这么快就在一起？陶雨你好没良心哦，早知道这样当年我就不救你啦！寅寅你都已经有林利南了，还要跟我争陶雨吗？惨了，他们离我越来越近了，怎么办？是面对还是……躲到电话亭里面去？

王丽正徘徊间，却被陶雨和张寅寅看到了。只见他们快步迎了过来，“王丽——”她知道自己躲不掉了，只好低下头脸颊上不由得刷上几分尴尬。

见了她就满怀心喜，陶雨关切道：“王丽你去哪，餐厅吗？”“我……我去买果汁，冰箱里的果汁没了。”她仍是低着头喃喃细语道。

这时候张寅寅挽起她的肩膀说：“果汁待会去买吧。我们去动物园，听说那里面新来了好多动物，去看看吧。哎，听说陶雨他很喜欢动物的，所以你一定要去哟。嗯？他人哪去了？”她正说着却不见陶雨的身影了。

此刻的王丽才抬起头来，方知陶雨人不知所踪了，向四周探望去……很快看到了陶雨从餐厅里走了出来，且手里拎着一份快餐。“王丽……”他跑到王丽的面前，喘了一口气，用手将风吹乱的碎发向后理顺了一下，微笑着关切道：“王丽，你一定还没有吃午饭吧，听张寅寅说你喜欢吃海鲜，那给你啊。噢，对了我去给你拿杯饮料来。”说着他便将饭盒塞在她的手中，后又转身向饮料售货机走去。

这会儿张寅寅吃惊问道：“王丽，你还没有吃午饭呀？”王丽不经意地点了一下头，委屈道：“嗯……”她打开餐盒叉了一块海参放进嘴里，这才感觉自己真的饿了。她们转身来到凉亭坐在椅子上，眼睛相互注视了一下……她吃完后从陶雨手中接过那杯饮料时抬头看了他一眼，她那水灵眼眸里逸散了久久的醋意。低着头文淑淑地品尝着那杯饮料。“喂，陶雨你怎么知道王丽还没吃午饭，难道你们有心有灵犀啊？”张寅寅翘着嘴角，眉来眼去地挑逗道。

这句话王丽挺在乎的，但陶雨却不经意回道：“课后，本想约王丽一起去餐厅吃午饭的，可她突然转身去了宿舍楼，后来在餐厅里我一直没有看到她。”“哦？王丽，你在生我的气对不对？”这下张寅寅可猜到了她没去吃午饭的原因，依然俏皮说道。眼下王丽已经不再抱怨她了，抱着张寅寅的胳膊扯着要走娇声说道：“没有啦！我们快去动物园吧。”倏忽她回头脉脉地媚了他一眼。

蓦然心领神会的他追了上去,“喂！等等我啊……”

福宏动物园。

“陶雨,这个是不是叫‘绣球’?”王丽以前只在杂志上见过这种小动物,因为很喜欢便好奇地向他靠拢。

一谈到动物他可就兴奋起来了,“那个啊,嗯,是绣球狗。听说这种让人非常怜爱的小动物源于中国,好像是清朝时慈禧太后命人培育出来的……它可是世界上最漂亮的狗。”对于他这一阵无间隙地演讲听得王丽快透不过气来了,这不禁让她赞叹不已可算佩服他了。忽然听到:“哇……好可爱哦!”抬头望了望,他们便走了过去,原来张寅寅正拿着胡萝卜喂着那些小白兔。

看着那几对小兔子,他手轻轻地抚摸着烂漫笑道:“王丽,你看这些小兔子是不是很可爱啊?”“嗯,真的是很可爱!”王丽心中不禁怨道:唉,到底可爱什么嘛？红眼三瓣嘴,要知道本小姐一直是讨厌兔子的!

在一旁的张寅寅心直口快,见她玉口难开就忍不住地代劳道:“唉!我说陶雨,人家王丽是不喜欢兔子的,她喜欢海豚啊,知道吗?”

没想到她会多嘴,王丽忙辩道:“我现在也很喜欢小兔子啦。”

此刻了解了她的心思,他明白道:“噢,那我们去海洋公园吧。”

待他走开后,王丽便对张寅寅小声呼道:“寅寅,你刚才说什么嘛?!”亏你多事……

柔和的脸庞愣了一下,张寅寅微笑愣道:“王丽,你明明讨厌兔子,干嘛要曲意逢迎说喜欢啊，噢……？”

见她那副诡笑得意的样子，王丽生气道：“噢什么嘛?!”“珍惜机会赶快去吧。”张寅寅见状催促道。“那你呢?”王丽眨着大大的眼睛，紧张之余心喜不已。张寅寅见王丽满脸羞涩于是推推她，微笑着鼓励道：“我呢，当然是继续喂这些可爱的兔子啦。就不打扰你们了，哎呀……你快去呀!”此刻王丽不免有些紧张兮兮的，她可担心自己在心上人面前出丑而有失淑女形象，不禁矜持了起来……

福宏海洋公园。

正当海豚表演的高潮时分，丝丝少女般的幽香扑鼻而来，蓦然间令他醒目笑曰：“哇啊，好香哦。”

入神时分，她惊醒道：“啊！怎么了?”原来观看海豚表演时过于紧张了，不禁冷汗涔涔。

想用纸巾帮她擦拭额头上的汗水时，被旁边观众挤了一下，正巧他的唇部吻在了她白皙粉嫩的脸庞上……他赶紧躲了回去，倏忽见她双颊染上了深深的红晕，更加赧颜汗下……

度过了漫长的数秒，她斜视着与他肩膀相拥的肌肤：“陶雨……我自己来，谢谢你。”在这快窒息的时刻，为缓和气氛他便换了个口吻：“哦……给你！你……怎么了?”

“呵呵……没什么呀。”唯有一番开怀羞笑，她娇媚的容颜，伴着形影相随的一笑倾城足以迷倒众生。一个情投意合的陶雨还怕征服不了吗……

看完海豚表演后离开了海洋公园,他们漫步在长街上。

欢声笑语荡漾在茂林之下,片片落叶花瓣徘徊于微风缭绕之间,徐徐飘落点缀那迷人的身影。风轻轻吹着温柔让她略感爱的疲倦,娇声细语道:“我有些累啦,休息一下好不好?”“好啊,我们到对面的长椅上坐一会儿。”陶雨和蔼地点头回道。王丽淑姝般随着他来到长椅边,轻盈盈地坐了下去。

熙熙攘攘的长街蓦然间冷冷清清,她含情脉脉地倾诉着:“小时候我常常孤单的一个人呆在家里,久而久之患了自闭症。后来医生建议爸妈带我去海洋公园,通过接触海豚来治疗……”

听着她深情地倾诉,他不由兴致勃勃,有了想要了解她过去点滴的欲望,“哦,明白了。”

那婀娜的身姿蔼然雅静,富于诗意的眼神惹人怜爱。只听她默默地吐露言道:“小时候我很孤独的,爸每天都要处理电视台里的事务,而妈她在大学里很忙的。故我常会和猫咪在一起玩,它可比兔子有灵性噢。”

“哦……对啊,我好像也渐渐想起来了。”那深情地倾诉让他与她有了相通的记忆。

“是吗? 快告诉我啊。”说时她再靠近他一点,以为要跟她说求婚的往事。

他娓娓道来道:“唉……我老爸、老妈也都是人忙人,自前些年他们接管外公创立的公司后就无暇顾及我了。虽然常有表妹陈伊琳陪伴着,但是啊! 那个鬼丫头调皮得不得了,简直可以让如来佛祖挠破头皮,我躲她还来不及呢。她一来家里来就像到游乐场似的，常会把我的屋里搞得天翻地覆，当到我的忍耐到极限时，就会镇压一下教训教训她。呃……因为我曾经被老爸用特种兵式训练过，偶尔出手会重了些，倒也不是有心要她怎样，只想制止一下。然而她就嚎啕大哭向我妈告状，唉……老妈也从不听解释，那个陈伊琳就是一个劲地哭喊着，直到我被臭骂责罚后才会停止她那无比震撼的哭声……”

“嘻……哈……”王丽听到此便忍俊不禁地捂着嘴，开怀地笑了起来。陶雨见她那天真烂漫笑容可掬的模样，不禁傻问道：“哇，你笑什么嘛，很好笑吗，王丽?”

她嫣嫣点头嘻道：“嗯，嘻……”

“还有啊，当年我有回去找过你啊。可是茶园里的人说你们都走了。”

“真的吗？可我等你很久都没来啊?”

“我妈说渔场那里不安全，不让我常去看爷爷。”

“哦……那你当年说的话还、还记得吗?”

“当年说的话?”当时他被摔得神志不清、稀里糊涂，可能不记得那档子事了。

“这么重要的事你都不记得了吗?”王丽的心中不禁怨声载道，哼！真是没良心的主。

“啊……让我好好想想，回忆一下下。”

……

在不远处的张寅寅见这情投意合的画面不禁羡慕嫉妒恨，实在不忍过去把这美景给破坏了，但她却又按捺不住性子：“喂！王丽、陶雨时间不早了，我们该回去啦！”

见张寅寅走了过来，王丽赶紧羞涩地站了起，回过头柔声说道：“对！我们该回去啦。还有好多功课没有写呢，呵呵……”

婉约娉婷工语笑，落日倩影手牵手。夕阳斜照更美更悠远……

熙来攘往的一天，伴随着夜幕降临而静谧了下来。王丽光着脚丫趴在床上遥看那满天的繁星……许久，略感寂寞的她正要给闺蜜打电话，却见张寅寅先发了条短信来。

寅：小布丁，今天开心吗？

丽：请不要叫我的绰号啊！

寅：我有个词语不太明白，想请指教。

丽：哪个？本小姐洗耳恭听。

寅：一见钟情！

丽：出自清·墨浪子《西湖佳话》：“乃蒙郎君一见钟情，故贱妾有感于心。”就是说爱情有独钟，当你第一次遇见……A pretty boy and love him！

寅：那你对陶雨是不是一见钟情啊？

丽：噢，你在设圈套！你早就深爱着的林利南，对你才叫——见—钟—情！

寅:你别乱说啊,哪有嘛? 我困了,晚安!

王丽暗自庆幸打了个胜仗,手指点了点挂在墙上的橡皮鱼心中窃喜不已,自言自语道:小鱼(雨)你对我是不是一见钟情呢,哎……不管啦!总之一见好心情就OK,还是带着这个好心情做个美丽的梦吧,小鱼(雨)梦里再见。

清晨明媚的阳光抚照着夏进中学,王丽一早来到健身大厅一眼就看到了好友张寅寅。见她在跑步机上尽显少女般卓越多姿的青春风采,引得无数少男少女竞弯腰。见王丽走了过来,张寅寅便笑着问候:“早上好!”走近后王丽趴在跑步机的护手上,诡笑着回道:“早—上—好!”说时,她那双俏皮的眼睛盯着张寅寅不放。见她刻意瞅着自己,张寅寅便装腔作势道:“王丽,你的眼睛会放电哦,干嘛这样瞅着我呀?”心知肚明。

只见她兴师问罪道:“昨晚干嘛无缘无故地发短信来设圈套啊?”就知道她会问这个,无奈张寅寅只好承认:“有什么嘛,人家只想分享一点你的甜蜜……”“胡说什么嘛?”她知道张寅寅又想故意来套她的话,但不知该不该设防。接着听张寅寅俏着嘴皮笑道:“还说没有啦,瞧你的声音在发嗲呢。昨天下午在海洋公园,你们孤男寡女的在一起都干嘛呢? 告诉我嘛……”“喂! 你别把话说得那么难听行不行呀,我们就一起看了海豚表演而已。”此时,王丽倏忽间羞红了脸。

张寅寅紧跟追问道:“唉呀——咱姐妹还用害羞啊,那还有呢?”瞅了她一眼,王丽不耐烦回道:“还有啊,陶雨他告诉我以前的一些故事喽。”

“还有呢、再说啊!”张寅寅这下子可兴致勃然、没完没了了。“我也讲了一些自己的故事给他听喽……就这些啦!”王丽心想要对她设防了。

“没有啦?”她尚未兴味索然。

“没有了!”王丽心中暗道:哼！又想来耍我。但王丽自己不由得想倾诉给她听,似乎闺蜜在一起都好吐露自己心事。

她那水灵的眼眸闪了一下,笑脸盈盈说道:“喂,你……有没有跟他亲密接触过,有没有吻……?”

王丽温雅含羞道:“呵！噢……你这么直接问这个啊?”倏忽那脸颊上泛起了红晕来,她不由得抿着嘴唇羞涩地低下头。霎时间,羞于窘态她转身欲走。见她恼羞离去张寅寅便喊道:“哎……王丽你别走呀。”

蓦然,王丽回眸一笑道:“寅寅,我不理你了啦!”

张寅寅见状忙从跑步机上下来,追了过去挽着她的手乐道:“行啦!不问了,我们去教室吧。说不定呀你的那个雨正在等你呢……”意犹未尽的她依然喋喋不休。“你还说!”王丽真拿她没辙了。

正向教室走去时看到不远处走来一个人,林利南。他人高马大、体魄健硕,在校园内常因打架斗殴而著名。王丽见他整天凶神恶煞的样子故一向讨厌此人,张寅寅却是一直迷恋着他,或许只有张寅寅自己才明白,林利南有值得她去爱的一面。这会儿见张寅寅神态自若,红彤彤的嘴唇抿了几下。王丽见状后心中暗道:精彩表演要开始了,不知寅寅会说些什么,本小姐可要学一下哦,或许以后也能用得上呢。

林利南这次可是专程来“拜见”的,“美女,早上好!”“早上好,利南。”

只见张寅寅柔美自信地问候道。却又听到，“王丽，你怎么总是不理我?”林利南见王丽对他依旧冷若冰霜、心有余悸，便知这次又要失望而归。

“我？刚刚寅寅帮我说了啊，不打扰你们慢慢聊吧，我要走啦。”王丽见他刻意地针对自己，便不由而然担心起来，开始对他处处设防。他见王丽要走便赶紧从裤袋中拿出一个盒子，急着说道：“你别走啊，这个东西送给你，王丽希望你会喜欢!”

这下王丽可愣住了……

此时在一旁的张寅寅虽然强颜欢笑，但隐约着显露出一丝醋意，“利南，有什么礼物送给我啊，我的那份呢?”只听到林利南搭讪道：“噢……我、我待会送给你。”话语间冷漠了许多。

此刻王丽已明白林利南是特意来找她的，只听连忙拒绝道：“不要，我才不要你的东西啦！谢谢你的好意。”

见王丽不肯接受，尴尬中他带着几分霸气责问道：“为什么？这可是我特地为你买的，你不是很喜欢猫嘛，为什么不肯收下，是不是因为……?”林利南正想将水晶猫塞到王丽的手中时，忽然远远听到：“王丽……”在这紧要的时刻陶雨来了，只见王丽惊喜道：“啊！陶雨……早上好!”心有余悸而未忘记刚从闺蜜那里学来的绕指柔，心灵深处欣然让她心领神会依了过去。

“各位早上好！呃……你是?”陶雨微笑着问候道。

这时的张寅寅强颜欢笑介绍道：“他是林利南。”

“噢，对不起，我刚来这里所以不认识，不好意思。”陶雨歉意道。

心倦了的王丽扯了扯他的衣角，娇滴滴劝道："陶雨，我们先走吧？不要打扰他们啦。"

"哦，拜拜！一会见……"

教室里传来阵阵欢笑声，因为次日正是夏进中学每学期一次的棒球赛日子，大家兴趣盎然讨论起打棒球的技巧。王丽也是个棒球迷，静静地在一旁聆听着他那磁性的声音，不时显露出甜美乖巧的笑容。细心地整理起书本来，她蓦然想起了好友张寅寅，不知那两冤家现在怎么样了……想来思去不禁愀然作色道："寅寅她怎么还没来呢？会不会……""真的没来哎，张寅寅她喜欢林利南？这么巧的一对啊……"陶雨回过头来轻声叹道。

皱了一下眉头，她恼怒道："林利南怎么先来了！""林利南，寅寅她人呢？"她和陶雨匆匆走过去向林利南询问道。

不料这时林利南却是冷冷回道："不知道！拜托你们以后别把她跟我扯在一起。""你……"他俩没得到答案却吃了个闭门羹，只好兴味索然地坐回位置上。可王丽担心起张寅寅她那优柔寡断的性格，会否变得难以自拔。她揪着心对陶雨说道："寅寅她没有和林利南一起来教室，瞧林利南那副恼羞成怒的样子，寅寅她会不会有事啊？我还是去找找她吧……"说着，她便起身向教室外走去。随后陶雨跟着走过去，"等等，我也去吧。""嗯……你还是不要去啦，女孩子的事……你去了寅寅她会更没面子的，我一个人就够了。拜拜！"说时见她摇摇头叹了口气，眉宇间闪过伤春悲秋。

在健身大厅及附近找了一会儿，结果王丽没有见到人。她不禁念道：寅寅去哪儿了呢，这个优柔寡断、感情用事的疯子，到底跑哪儿去了，生气啦？或者又躲在哪儿哭了吧……王丽用手机拨了三遍这才让张寅寅接听，“王丽，你干嘛呀——我都快要伤心死了！现在心都破碎一地……”电话里隐隐约约的哭泣声让王丽着急道：“寅寅你在哪儿？喂、喂！你要不要紧啊，没事吧？我在你的宿舍外面，你在哪儿？”

依然如故，惟见那凄凉悲语：“我没事……只想一个人静悄悄地呆着。你们都别来烦我！”

苦口婆心劝了半天，见张寅寅仍不肯现身，于是王丽耍了一招，忽然见她气贯长虹地一声：“啊——！”随后便故不作声，然后她又躲到一棵大树的后面静观其变。

这一声可把正伤心欲绝的张寅寅给吓坏了，伤心之余：“王丽你怎么了？喂、喂……”没想到王丽这小儿科的把戏还挺管用！果然不出她所料，不一会儿就见张寅寅一副惊慌失措的样子匆匆地赶来了，此刻她也顾不得伤心了，慌忙四处找寻，“王丽，你在哪？”这时候，王丽从树后面蹑手蹑脚地走了出来，笑眯眯地在她背后拍了一下……

“啊——！”少女般的惊叫声若穿云裂石、响彻云霄，荡气回肠……这会儿张寅寅真是被她吓得个魂魄落九天啊。见王丽却是天真烂漫、幸灾乐祸地笑着，她不禁吼道：“王丽，你搞什么八卦啊，想吓死我呀！你还笑……”“对不起啦！人家耳朵都快被你震聋了。寅寅，你的眼泪还没干哦,发生什么事了？是不是因为林……”她那楚楚动人的眼神安慰着张寅寅。片刻后,只听张寅寅倾诉衷肠:“利南他已经背叛了我们当初的诺言,明知道我是深爱着他的,就连将要读的大学和选的专业都依着和他一样。可是、可现在他却……却说非常讨厌我。王丽,利南他好像喜欢你……”

话音未落,“哼！喜欢我？人家才不要理他呢,我已经有心上人了。寅寅,既然他那么不再乎你,跟他分手算了。唉！天涯何处无芳草,何必单恋一个渣……”

片刻后见张寅寅擦了擦泪眼,理了理头发,调整了一下心情叹息道:“别说啦,到教室了。”走进教室时,见她用那泛满委屈的泪眼斜睨着林利南。王丽挽着她的胳膊回到座位上去,在一旁的陶雨先是愣了一会儿,随之动了恻隐之心,“王丽,她怎么哭了?”“陶雨,你就别问啦！寅寅她因林利南劈腿,而要面临着分手的痛苦抉择。”

傍晚时分,天空一端飘摇着雨做的云……

雨余时,夕阳红……

旖旎的霞光变得柔和润目,清新的空气中糅合着浓郁的花香沁人心脾。晚上陶雨想要请她俩吃饭,王丽自然最开心了,毕竟是第一次和心上人共度晚餐。

餐厅里惟有张寅寅郁郁寡欢,如堕烟海。“王丽、寅寅,你俩喜欢吃些什么?”

“嗯?”王丽一副悠悠我思、悠悠我心的样子。

忽然听张寅寅怒道:“吃西餐! 本小姐今儿没心情,要换个重口味的!”

“那好啊,你呢?”陶雨温雅问道。

嫣然一笑:“当然和寅寅一样啦。”

唯见张寅寅依然紧锁眉头、悒悒不乐的,迟迟不肯用餐。王丽与陶雨都凝视着她,“寅寅?”王丽轻轻拍了拍她的肩膀。陶雨见她仍无声色,便劝道:“唉! 不要再伤心了,吃饭好不好啊?”

喝了一口饮料,王丽跟他叙述道:“陶雨,你不明白的,以前寅寅和林利南他俩在一起相处蛮好的。虽然寅寅有时候也看不惯他的种种,但还是走到了今天。寅寅一直都是深爱着他的,这次寅寅当然会非常伤心了。”说时王丽又连喝了几口饮料,给了他一个眼神(准备与陶雨上演对手戏了,得桴鼓相应啊)。

他吐道:“唉! 你们女生总是太重情重义了!”

她怨道:“呵! 你们男生就是太薄情寡义啦!”

他诉道:“嗨! 你们女生遇事就知道哭,但哭是无济于事的。”

她怒道:“哼! 你们男生既霸道又爱出风头,还死要面子! 但那样只会使问题更严重,不好好珍惜,玩弄感情会遭天谴的!”

憬然片刻后,陶雨暗道:这小丫头嘴巴真毒呀! 忽然见他拍案叫道:“对了! 问题就在这儿,既然林利南他不珍惜你……”王丽紧跟道:“就让他去后悔,遭五雷轰顶吧！陶雨,哦?”他只好赞同道:“没错！不珍惜你是他的损失,你要化悲伤为食量……”言语之间王丽暗自窃喜:陶雨以后一定会爱她深深。“我赞成！寅寅,现在将你面前的牛排当成是林利南,用刀把它切碎了全部吃掉,以解心头之恨!”他俩苦心演绎的双簧戏,果然显效了。

只见张寅寅迅速拿起刀叉,雷霆大怒:“哼！我要把你五马分尸,切成一千块、一万块……”唉,伤不起啊!

“明天的棒球赛班里有好多人都参加,你和寅寅呢?”陶雨和王丽为自己的成功演绎而举杯庆贺着。

一声温柔甜美地回道:“好啊,陶雨我们一组……”未及羞涩,王丽却听到,“唉——棒球赛是男人的运动,干嘛要和你们女生组队啊,那比赛输定了……”此时或许他尚未从那对手戏中走出来,竟忘乎所以,忽视了她渴望被哄的信号。

羞红的脸庞倏忽推开温柔,鼓着小嘴辩道:“哼！我们还不愿意跟你们男生一起打棒球呢!”受气之余,心坎怨声载道:唉……连这点都不明白我,真是枉费刚刚夸你啦！“开个玩笑嘛,对不起啦,当然我们一组是最佳拍档。”见她那副生气认真的模样,不禁让陶雨更加由衷地喜欢,他那英俊的脸上不时流露出爱慕的笑容。

张寅寅蓦然听到:“明天我也要参加,我不会给别人看扁的!”终于振作起来了。

晚霞欲逸时,念念不忘借过树影抚照着人儿的面孔,书写着青春岁月。初春的晚风与那汩汩的月光交织在一起，拂煦着校园。体育场的看台上静默着三个人，见张寅寅孤独凄凉地缩成一团，手臂紧抱着双腿，耷拉着脑袋。王丽在一旁静静地陪着她度过这伤心的夜晚。陶雨沉默不语，遥看着远方。回忆往事间，眉宇中时而闪过悲欢离合……

第二章

春回大地,风和日丽。

这是夏进中学每学期一届的棒球比赛日,学校依例停课一天。赛场上人声鼎沸,所有人都沉浸于这热火朝天的棒球赛中。

棒球比赛先是小组资格赛,其中由陶雨、王丽、张寅寅等九个人组成一队。另一对抗队则由林利南组团,他可是个危险的人物,之前不仅未俘获王丽的芳心,反而要痛失女友张寅寅。这会儿他见陶雨不仅是对手而且成为了情敌,这不禁让他内心无比嫉恨,唯见面带暴戾之气……

进入场地后不久,陶雨时而感到眼睛被阳光照得灼热疼痛,虽然他没有当成一回事却也担心会影响比赛的发挥。

开场后先是陶雨在本垒中用球棒击中球，并跑过三垒顺利返回，得了一分！出师大捷，只听一片呼喊声："喔……喔……"

由于配合得比较默契，比分逐渐拉大。此时气急败坏的林利南心怀叵测，欲借机痛击陶雨。结果他向陶雨打出去的球，被那身姿矫捷的王丽击中随即让张寅寅接住……在那阵阵掌声中的林利南越来越视陶雨如寇仇，这就使得赛场上渐渐乱了起来……林利南使尽诡诈针对陶雨，却忽略了张寅寅与王丽联手进攻的威力。结果没过多久，他的脸上被张寅寅狠狠地击中一球，使得这个花心鬼得到了报应。那一刻张寅寅却愣住了，内心忐忑不安很是矛盾，毕竟是她曾经深爱过的人，又怎能视若无睹呢？此时她真想飞奔过去向他嘘寒问暖……

亲眼所见女友对自己的伤害，摸着自己滚烫的脸，他的嘴角颤抖道：寅寅，为什么?！为什么要这样对我，难道你不爱我了吗？贱人！乘裁判员换岗之际，只见林利南连续怒发几个险球在陶雨的身边飞窜了过去，幸好陶雨反应敏捷都能够化险为夷。

棒球唰唰飞过……

是可忍，孰不可忍！陶雨只好警告道："林利南，如果你再这样击球的话，我可对你不客气了！"然而，却见林利南嚣张道："你对我客气过吗！陶雨，谁怕谁啊?！"随即见他击出一记猛球……不知为何，在这一刻那个擅离职守的裁判才从卫生间里提着裤子跑出来，忙吹哨叫停……可惜为时已晚，那个棒球似流星飞窜出去。奇怪的是球却向王丽和张寅寅那边飞偏了过来，吓得这两女孩花容失色。王丽心有余而力不足未能接住此球，心里怒道：可恶的林利南又在耍流氓！球紧跟着飞向张寅寅，她的头盔因天热早就摘掉了，看来失恋了还要失面子。

“啊！”只听张寅寅尖叫了一声，王丽忙回过头去……却又听到“啊——”陶雨痛喊了起来，怎么回事？

原来当球向张寅寅飞去时，她压根也接不住。就在这千钧一发之际，陶雨冲了过来用球棒将球撇开，但在那一刻强烈的阳光再次直射到他的眼睛，结果让球击中了自己的脸，连同将张寅寅撞倒在地。只见他将球棒扔在一边，坐在草地上捂着脸颊痛苦起来……

见状后王丽疾步过来，紧张地关切道：“陶雨，你怎么样啊，哪儿痛啊？”此刻的她焦急得哭了出来。这会儿的陶雨心情真是一团糟：“啊……好痛！”这时候张寅寅抚着肩膀从草地上爬了起来，“陶雨，你没事吧？”此时最得意的当数林利南了，尽管他遭到众人指责被裁判罚下场去。

祸起萧墙之时，张佳丽老师闻讯赶往事发地。

矫捷的步伐，不禁让人领略到巾帼英雄的存在，未见其人先闻其声：“这儿发生什么事了？”忽见那个爱拍马屁的花木从人群中挤了出来，拉大嗓门喊道：“张老师，林利南用棒球将陶雨给打伤啦！”这时候，揉着脸的林利南见张佳丽气势汹汹地冲了过来，忙辩驳道：“张老师啊，我也被他们给打伤了，凭什么只怪我！”张佳丽斜睨着他哼了一声（待会收拾你！）又急着询问起陶雨的伤势，“陶雨你怎么样，伤得不要紧？”

出人意料的是，陶雨却装着一副若无其事的样子，站起来笑眯眯地回道："张老师，我没事，这点小伤不足挂齿，哪需要您大动干戈，我现在好得很啊……"在一旁的王丽心里抱怨道：到这时还大言不惭，"你在胡说什么，瞧你的脸都肿啦！"她撅着小嘴怨声载道。

"还是赶紧去医院看一下吧。"张佳丽和蔼关切道，倏忽转身横眉冷对林利南："……！跟我去办公室！"

这时候见闺蜜张寅寅因林利南受伤而痛心的样子，王丽难免起了恻隐之心，"寅寅，林利南他也受伤了……"看来张寅寅终究还是深爱着林利南的，她口是心非地说道："他、他活该咎由自取，我、我待会去看他……"爱情总让人盲目，陷入情网的女人智商几乎为零，分不清是对和错。

夏进中学的校医院，王丽陪着陶雨在里面疗伤。

不多时候，一幅温馨的画面出现了，张寅寅扶着林利南也来疗伤了。只见他俩如影随形、形似伉俪，那副甜蜜的样子让王丽与陶雨目瞪口呆、舌挢不下。王丽惊讶地训斥道："你、你这么快就缴械投降啦？你们……！"陶雨含糊其词笑道："这么快就和好如初啦！"一时间张寅寅不免欲迎还羞，"对啊，原来利南他一直是爱我的。"此刻的林利南亦是负罪引慝，坦然自若道："今天我才明白还是寅寅对我最好最真心，所以我发誓从此以后永远都只爱着寅寅！"说着，林利南搂紧张寅寅深深地吻了她……

触景生情,陶雨捂住伤痛乐道:“王丽,要么我也亲你一下吧?”

闻之憬然,王丽的脸庞倏忽泛满了深晕,欲言又止、娇羞带怯,“不好、不要啦——”说时她眉宇间透露着几分娇嗔,柔情的眼神告诉他这里是公共场合她会害羞的。

随后又见陶雨认真说道:“林利南,你刚才说的话可都当真?”未见丝毫犹豫,只听他斩钉截铁地回道:“当然都是真的,我发誓了!噢……对了,今天是我的不对,向你道歉,对不起!”呵!瞧林利南他变化还挺快的。士别三刻,当刮目相看;江山仍在,本性照移!其实这都是张佳丽老师的功劳。这时陶雨将信将疑,起身握着他的手微笑道:“唉!没关系,大家都是同窗好友嘛,在一起免不了有一点误会,这不是挺有意义的嘛。”正巧这时候张佳丽走了进来,见状眉开颜笑,“好啊!既然你们都和好了,那我就不用再操心了。”

翌日午后,正值一堂生物课。任这个毕业班的生物老师虽道貌岸然,但也饶有风趣。在校园里名不见经传,但没有人会不知道他的名字,郝祖谟。迷糊间,他那干枯的身躯扛着一副高度近视眼镜迈入了教室,见学生们昏昏欲睡、萎靡不振,便首先来个下马威:“同学们!上次郝老师给大家布置的作业都完成了吧……”要知道学生们是最怕他布置的作业,尤其是这次,偏偏要让大家写个保护野生濒危动植物的报告。这种作业对他们来说可谓无聊至极了,恐怕是无人问津。

寥寥无几的回应声:“嗯……”

郝祖谟有恃无恐得意的模样忽然变卦道："哈……你们知道没完成作业的后果是什么吗？"果然有很多人被他吓到了，但惶恐间也有"义士"挺身而出，见花木油腔滑调道："唉！郝老师您就别拿张佳丽来吓唬我们啦，那个水性杨花的八婆，我们才不怕她呢……"花木平日里爱出风头，常被张佳丽骂个狗血淋头，故一直对她耿耿于怀。当面拍马屁，背地里则……他的陈词烂调再次引出教室里一阵窃窃私语，然而学生们谁也没料到，有个可怕的身影正站在窗外横眉冷对，"花木，给我出来！"

河东狮吼，震耳欲聋。教室里顿时鸦雀无声，张佳丽浑身是火、怒发冲冠，可把花木给吓瘫了，只见他踉踉跄跄地向外挪动着……瞬间就被张佳丽一把揪住提往办公室……

屏气半天兮，方才疏缓乎。王丽见花木表哥又要受到张佳丽的蹂躏，不禁愤愤不平地鼓起小嘴，不料却被郝祖谟正得意的眼神逮个正着，"王丽，老师相信你完成了报告，那就请到讲桌前将你写的报告给大家读一下吧。"闻之心慌不已，王丽心中急道：糟糕、糟糕！灾难降临啦，本小姐的报告？这些天光顾着陪陶雨去逛海洋公园而忘记写了，怎么办呀？是福不是祸是祸躲不过。此时此刻，着急的可不止她一人，但陶雨和张寅寅也没去写只好也干着急……情急之下急中生智，只见王丽随手拿起一张白纸，步履蹒跚来到了讲桌前。好在她秀外慧中聪明伶俐，见她对着那张空白纸大声地朗读了起来……她这现做现卖的功夫可了得，那朗朗上口的文章真是闳中肆外。

这样竟然也就能浑水摸鱼蒙混过关了，她回到座位上深深地舒了一口气，微微地依在他的肩膀上……

接下来郝祖谟便开始讲课，“同学们，我们都知道老虎、狮子、豹等，它们都是猫科动物，是凶猛的食肉性物种，这就说明它们的牙齿都非常锋利。下面我来讲一下猫科动物牙齿的特征……”

临近下课时，教室里面突然有人咳嗽一声后站了起来，原来是陶雨，“老师，您这样照本宣科地讲课会出很多错误的。譬如说，现在的狮子、老虎简直太温柔啦，一点儿也不凶猛，要是您不信啊，建议去动物园里瞧瞧。”世风日下，人心不古，动物也如此？他刚说完便博来一片掌声，却把郝祖谟气得满腔怒火。接着他又侃道：“还有豹的牙齿不是这个样子的，老师您讲错了吧？”话音未落，郝祖谟忙低下头去查阅讲义，随后又抬起头冷笑道：“嘿……没有讲错啊，我这本虽是旧讲义，但我想豹的进化速度不会那么快吧……”

感到今天惹的麻烦够多了，王丽便扯了扯陶雨的衣角小声劝道：“你想干嘛啊，快别说啦，老师不会讲错的。别这么愤世嫉俗好不好？”但见他仍然愤愤不平道：“老师，事实善于雄辩！我会让您相信的。”说完便不服气地坐下了。王丽指着他望着张寅寅无奈地笑了笑，摇摇头叹道：唉！男孩们的心事还真奇怪……

生物课后是自由支配时间，王丽和张寅寅依照惯例开始练习起素描来。教室里头你侬我侬，欢乐融融。和谐之余，唯见花木正在埋头苦写检讨……

因林利南去踢足球了，张寅寅聊以慰藉向王丽献殷勤道：“嗳，你的那个雨呢?”“他啊？嗯……怪了,刚刚还在这儿的。一会儿功夫去哪了呢……他可能也去踢足球了吧。哼！走了也不告诉人家一声。”王丽心里依旧猜测着,越发觉得他这人挺神秘的。

约莫半小时后,只见陶雨扛了个大纸箱来到教室里,蓦然引起了所有人的注意。王丽惊喜地喊道:“陶雨！寅寅你看他回来啦,还带了个大箱子,里面是什么?”“哇！王丽,你好幸福哦！陶雨要送份大礼给你啦,肯定是个大惊喜……啊!”陶雨将纸箱搬到讲台上后,谁也没料到竟然从里面抱出一只猎豹来!

这只威武的猎豹忽然间张大嘴巴露出了锋利的牙齿,顿时教室里鸡飞狗跳乱成一团。张寅寅抱紧王丽颤抖道:“王丽,我、我们该怎么办啊?”“怎么办？都怪你这张乌鸦嘴,说什么我好幸福,我好倒霉才是！难道他要把这东西送给我吗?”

慌乱间,突然听到“呯当”一声,教室里倏忽悄无声息。原来,郝祖谟老师的茶杯被豹的尾巴甩掉地上跌碎了。这样也好,陶雨终于有机会发言了:“不要吵啦！今天生物课上老师讲错了豹的牙齿……”

正巧这时候郝祖谟因忘了拿茶杯而折返教室,“哦——好大一只猫啊!”只怪他的眼神不好,错把豹看成猫了,又见他戴上眼镜:“哦?啊——猎豹!”终于看清楚了！这时陶雨指着豹的牙齿说道:“老师,豹的牙齿是这个样子的,您瞧……”话音未落,郝祖谟却已消失得无影无踪,拔腿跑了。喂……您茶杯不要啦？哎哟,不好意思,想要茶杯也没了。找猎豹要去吧,就怕您不肯……

大家也想学郝祖谟那样遛掉，可惜他们连做胆小鬼的机会都没有，只因他们的退路被堵了，可恶！却见陶雨无奈笑道："哇……什么态度嘛，大家给点面子好不好？"

这时候，张寅寅对王丽悄悄说道："那只是一只小豹子，大概不会吃人吧？"

"嗯，对呀！它没有吃陶雨啊。寅寅，把球棒递给我。"

"啊？你要干嘛？"

"唉，别问啦，快点呀！"

"噢……给你！"

蓦然雷霆霹雳，一个飒爽英姿的侠女出现在前沿阵地。王丽手持球棒怒吼道："陶雨，你给我听着！赶快将这只豹放回纸箱去，这是本小姐的命令！"

她突如其来的壮举把他给吓傻了，"哇……你这么大声干嘛啊，我和小猎豹都给你吓坏了。"见他尚未从命，王丽再次步步紧逼，"快把它放进去啦！陶雨……"她那霸道口吻中倏忽揉进了几分柔情，瞬间释放出情丝万缕将他的心给俘虏了，"好啦、好啦，别生气啦，不就是把它放进去嘛……"

可是百般不愿意万般不情愿啊，但也只好慢腾腾地执行命令……王丽见他将纸箱捆了一股时，便冲锋沙场一举拿下，她抢过绳子用力将纸箱捆紧。"嗳！你轻一点好不好啊，它可是国家保护动物。"呵，亏你还知道！王丽摇摇头吼道："瞧你闯的祸！赶紧跟我把它送回动物园去。"却见他一副苦瓜脸不情愿道:“啊? 我还没展览完呢。”王丽无奈叹道:“唉,真是夏进中学的不幸啊。陶雨,本小姐可真的要生气啦!”话音刚落,她不禁有种悔意滞于心中:对他这么凶,他会不会生我气啊? 待会对他可要温柔点才是……他心中不禁苦闷道:堂堂一男子汉竟受一小女子摆布,唉! 红颜祸水啊……

王丽和陶雨将那只猎豹送到了福宏动物园。

工作人员见他们配戴着夏进中学的校徽,于是讯问起那只小猎豹的情况。原来是郝祖谟给动物园里打了电话。只见王丽拍了拍纸箱勉强笑道:“那只豹啊,已经被我们给制服在这箱子里了。”随即有几个工作人员抬来了一个铁笼子,“你们真勇敢啊,非常感激!”

在回夏进中学的路上,她蹀躞其后……

蓦然拉住他的手,含情脉脉地说道:“陶雨,对不起! 之前我不是故意要那么对你,不会生我气吧?”这股似水柔情不禁让他受宠若惊,但又心喜若狂乘势将她搂入怀里,情真意切的在她耳边呢喃细语:“怎么会生气呢,其实我还担心你会生气呢,从此以后都不理我了……”“嘻——”这下她终于眉开颜笑抱他满怀……觉得跟他在一起好开心、好刺激! “对了,你还没有告诉我是怎么抓住那只豹的呢?”“这个嘛,很凑巧! 我去动物园里本想借只豺狼虎豹什么的,可惜它们都被关在笼子里,人家说什么也不借。正当伤脑筋时,突然间看到一只小猎豹窜在墙角的纸箱边找吃的,我见机不可失便将准备好的鸡腿扔进纸箱里,随之它就跳了进去,然后就束手就擒了。我还以为又要惹麻烦了呢。哦耶！王丽你看到没有，他们还感谢我呢！”此时自我感觉太膨胀了，他兴奋地跳了起来……

亭亭玉立衬出笑靥如花，“瞧你的样子真够讨厌的，嘻——”

嬉笑间，忽然注视起她的脸庞来……“你干嘛这样看着我呀？”她娇滴滴羞涩地问道。

“你有酒窝嗳，好漂亮哦……”

女孩子得人称赞心中窃喜，被这些敏感的言语弄得面红耳燥，“哎呀——你快走啦！”“别推我啊，前面的下水道没盖呀！”……这时候王丽忽然想起了张佳丽老师来，她那苦命花木表哥只因几句冷嘲热讽，就被张佳丽折磨得苦不堪言，那陶雨岂不是麻烦更大了吗？“陶雨，这次张老师可要找你算账啦！”初生牛犊不怕虎啊，他却不以为然，“嗨！张老师她是刀子口，豆腐心！”

夕阳西下，绯红的霞光将俩人身影描画得美不可言……

远远便看到张佳丽坐在讲桌前，只见她面色黯然，似乎正等待着陶雨地到来……

感觉到气氛异乎寻常，陶雨便将嘴巴放得很甜：“张老师！”、“张老师，我们回来了，那只豹已经被送回动物园了。”此时张佳丽表情冷漠，点点头回道：“嗯，王丽你回座位上去。”“噢。”王丽应了一声后便走开。这时陶雨自然也跟着，不料却听到：“陶雨，你留下！”这时张佳丽放下手中的笔，转过身来。陶雨止住了脚步，心中顿然警戒了起来：糟糕、糟糕！

麻烦果然来了。王丽回头看了他一眼，耸了一下肩，眉目传情道：祝你好运！

毕业于新城大学中文系的张佳丽，平日里文质彬彬和蔼可亲，但偶尔也会大发雷霆，譬如今日，先承花木后启陶雨。“我说陶雨同学，你怎么就经不起表扬呢？”却见陶雨理直气壮地回道：“我近来表现很好，没犯错啊！”唉，他尚不知张佳丽的脾气，这下麻烦可大了。张佳丽心中暗暗念道：竟然揣着明白装糊涂，你还不认错啊，看我怎么收拾你！“你没错？无端弄些豺狼虎豹放在教室里，你想教它吃人啊？”陶雨忙辩解道：“唉，是这事啊！那仅是只小猎豹，不会咬人更不会吃人啊。”“不会吃人？是否要等它把全班人都吞了，制造个世界性的大新闻来，你才懂得豹会吃人吗？！”“哇！那只小猎豹有这么大胃口吗，把我们全班人都吃了，它会不会消化不良啊？”天晓得他在胡扯些什么！

顿时他的狡辩引来教室里一阵哄堂大笑……“笑什么，都给我安静！陶雨，你喜欢危险动物可以，但你不要勉强其他人喜欢好不好？尤其是郝祖谟老师，人家都一把年纪了，干嘛要把他吓得那么狼狈不堪，还连摔了几个跟头？跟我告状说你用猎豹来报复他，据说拼了老命他才虎口脱险逃了出来……”

冤枉啊，又一个窦娥冤！他心里愤愤不平：岂有此理！豹又没追你跑什么，凭空栽赃陷害忠良！依然故我：“不是啊，是郝老师今天把豹的牙齿给讲错了。我提出来了可他却说没错，那只好……”

“只好弄只豹来吓唬一下，逼他就范？”“不是啊，我是想用事实证明给他看……”唉！陶雨你究竟要跟张佳丽纠缠多久，依我看干脆让她骂几句算啦，好男不跟女斗嘛……“郝老师是我们学校最资深的教员，怎么会讲错呢？（墨守成规当然有可能讲错了！）陶雨，看来你还没彻底醒悟，我还得好好教育开导你才是，免得你以后再给我弄只老虎、狮子来……”唉！瞎操心，真是以妇人之心度君子之腹。

数口才人物，还看今朝！

遂即张佳丽一阵滔滔不绝的演讲，引无数学生笑弯了腰……

此刻的陶雨虽压根不服，但终究也麻木了，只是点头……这果然应验了哲学上的从量变到质变的规律。

经过一番唇枪舌剑较量，终究张佳丽是文科出身，推论说理一个抵两，将陶雨打得一败涂地，她依旧喋喋不休道：“陶雨，你现在明不明白？”

胜者为王，败者为寇。他只好低首下心，腹诽道：“明白。”

她又道：“你懂不懂？”

他又点了一下头，回道：“懂。”

她再道：“下次可不要再这样了，知不知道？”

他再点了一下头，扔道：“知道了。”烦！这会儿他可体验到花木所受的痛苦了。教室里寂静了片刻，“你既然知道错了，那老师这次就原谅你了。”

事已至此，尘埃落定，王丽深深叹了口气，庆幸他解脱了。

却见张寅寅笑眯眯地乐道：“瞧你长吁短叹紧张的，张佳丽又不能吃了他。唉！爱情两个字好辛苦！爱上一个人就会处处为他牵肠挂肚，不如一辈子孤单算了。”“昨天林利南受伤时,你不是也很紧张嘛,彼此彼此。”

不愧是新城(区)好男儿,经得起咒语般的考验。今天倘若换成其他人,指不定会整出个口吐白沫、两眼翻白、七窍生烟……这时候听张佳丽委屈道:“唉!这次老师为了你,连饭都顾不上吃……”

心领神会,只见他忙抱歉道:“哎哟,张老师真是对不起!我去帮您买份便当吧。”

宛然一笑,张佳丽暗道:算你还有良心!“好啊,去吧……对了,顺便买个茶杯给郝老师送去,算是赔礼道歉了。”陶雨走远后,她红脸倏忽变白脸,怒吼道:“花木!把罚你写的三千字检讨给我交上来!”

之前在批斗陶雨时,窥见花木在下面嘻皮笑脸、叽叽咕咕个不停,张佳丽便准备接下来收拾他。

花木这下变得乖巧知趣多了,“我……我还没写出来。”

再见河东狮吼:“还没写出来!这么久都干什么的?!再罚你一千字!”

惟有一声惨叫:“啊……!”

第三章

秋去，冬来，春又回……

漫长的毕业季即将来临，王丽和张寅寅她们就要读大学了。

张寅寅与林利南之间的感情一直很稳定。

王丽与陶雨之间却经历了一段感情风波，这就要追溯到去年的那次猎豹事件。陶雨去给张佳丽买便当返回时，不巧把一位正在跳皮筋的女生焦茜撞倒在地，同时将买给郝祖谟赔礼道歉的茶杯摔碎了，不料又将焦茜的手给划伤了。幸好名师出高徒，分分钟便将围攻他的那群伶牙俐齿的女生给摆平了。遂即陪着焦茜去医院治疗，又将买给张佳丽的便当拿去堵住了焦茜的嘴，总算获得了她的原谅。

摆平了那头，这头却跃起三尺……让张佳丽、郝祖谟空空白等了一场，自然是老寿星上吊——活腻了！

然而在后来的时光里，焦茜整天一副病恹恹惹人怜爱的样子，这让陶雨总觉得对她心怀愧疚，故常会去看望她。日久生情，焦茜便对他产生了爱慕……这不禁使得在王丽与焦茜之间爆发了一场爱情争夺战。毕竟陶雨始终心心相印着王丽，故这场风波最终以王丽赢焦茜败而告终。

此后面对患得患失的爱情，王丽时常会刻意要为他做些什么，或以什么样的妆饰取悦他，打赢爱情攻防战。这样一来渐渐让她觉得好辛苦、好疲惫，但又不愿让他知道这一切。直到有一天他终于明白了……

课间张佳丽老师正与同学们讨论周末去郊外野炊的事宜。

春分乍暖还寒，王丽渐感头昏脑胀身体不适。倚在身旁的张寅寅发觉后便关心道："王丽，你怎么了？""我有些不舒服，头好痛哦。"王丽皱着眉头痛苦道。在一旁的陶雨正兴致勃勃地跟同学们讨论野炊时怎样狂欢呢，却听到了她俩呻吟着，便扫兴道："喂！你们又怎么啦？唉，女生们真善变。"张寅寅拭了一下她的额头后憬悟道："陶雨，王丽她好像发烧了啊！""啊……发烧了！唉，叫你多穿点衣服嘛，光顾着'美丽冻人'了，这下好啦，人冻出病来了吧。"婆婆妈妈的陶雨怨声载道。王丽听了他的这些风凉话，心中全然委屈：哼，不都是为了你嘛！气得她用力掐了他两下，"噢……好痛哦！说你两句就不开心啦，还是快去医院吧……"

“王丽,怎么啦?”张佳丽见她脸色难堪,便关切地走了过来。

拥着王丽,张寅寅急切道:“老师,王丽她发烧了。”

陶雨起身紧跟道:“我和张寅寅送她去医院吧。”说着他便挽起王丽,张佳丽心里清楚他对待女生向来是无微不至,况且他跟王丽是青梅竹马,便叮咛嘱咐道:“当然,快去吧！记得路上要小心一点。”这时候陶雨将外套脱下披在她身上,将她拥在怀里向外走去。蓦然感到有股暖流温暖全身,痛苦中流露出一丝甜美,她此刻感受到来自爱情的温度。

恒宁医院。

“高烧,89.9℃!”只见陶雨盯着体温计读道。

“啊?陶雨,你会不会看体温计呀!”张寅寅吃惊道。

“让我看一下。”医生接过体温计看后说道:“噢,39.9℃！嗯,高烧。先送她去病房吧,我来处方开药。”

在病床躺下后,王丽方舒了一口气:“唉！刚刚吓死我啦,89.9℃?那人都冒烟了吧。”说时,看着他俨然一笑。

实则不然,并非陶雨故意看错,而是眼睛出了问题,可怕的是他将面临着失明的危险。

“这个女孩应该多穿一点衣服,现在天气早晚时还挺冷的。”护士给王丽输液时劝道。

“对嘛,那我回去给你拿些衣服来。”张寅寅说着便转身离去。

病房里静默了起来,看着她苍白的脸上多了几分憔悴,不禁惹人怜爱、深感惭愧。自上次跟焦茜情感纠纷后,她就一直长相厮守……一滴晶莹剔透噙着的泪珠叫他幡然醒悟，捧着她的手说道："王丽对不起啊，都是因为我你才生病的。怪我没能把这颗心完整地交给你，让你受委屈了……"

话音未落，那滴委曲的泪珠终于滑落到他的手心，温情脉脉地表白道进了她的心坎里："爱你好辛苦知道吗？可我心甘如饴……"

爱情的深渊锁住了两个人的世界，他想用一生守护着她，俘获的芳心依偎着在他怀里，被爱包围、呵护着。

眉宇间传递着情与爱，"手还痛吗，现在感觉好些了吗？""嗯，好多了。陶雨，突然间好想我妈，打个电话让我妈来吧。"

一想到女友的母亲，他不禁颤抖了一下吞吞吐吐："啊！呵呵……我想暂时还是不要告诉伯母好了。"猜想其母是福宏大学的主任，应该会很凶吧，唯恐招架不住！

似懂非懂，她天真烂漫道："为什么？"

只见他拐弯抹角，不知所云："因为、因为种种原因吧，如果伯母她来了，那我就不能在这儿陪你了。"有种惶恐不安的感觉徘徊于心间，他害怕自己会无法通过认可。

纯真的心隐约明白了他的苦衷，她俨然劝道："没关系的！我妈来了，你依然可以在这儿陪我呀。"

"伯母来了见到我这样，她一定会很凶吧，或许会直接将我'扫地出门'！那我以后就没好日子喽。唉！岂不成了梁山伯、许仙、焦仲卿、罗密欧……"一时间见他迟疑不决、胡思乱想。

“可恶啦！我妈有那么凶吗？”她争辩道。

平复片刻后，他泰然自若道：“不是啊，我不是那个意思，我是说担心自己会说错话让伯母讨厌我，那我就惨喽。”他口才是不咋地，好戏还在后面。

抿了抿嘴唇，她若有所思，嫣然一笑：“是嘛？那就不告诉我妈好啦。”病痛渐祛，美若芙蓉的脸庞再现白皙靓丽。

“好啊、好啊，当然好啦！呵呵……我去买点水果啊。”随之他便快步离开了，从没见他这么紧张过。王丽的耳边不时地回响起他那纯真的告白，原来很在乎她。独自一个人在病房里，喜不自禁地笑了起来，心田间说不出的美妙……

“哇！王丽你有什么喜事呀，干嘛一个人偷着乐啊？”张寅寅提着衣服走进病房后，见她自我陶醉的模样便忍俊不住道。

正沉醉于甜言蜜语中却被她给惊扰了，王丽羞涩道：“进来也不敲门，让我吃了一惊呢。”

张寅寅依然笑嘻嘻：“门又没关敲什么门啊，嗯……陶雨呢？”

“他呀，去买水果啦。”

“我好羡慕你哦，能有这么甜蜜的爱情。”却见张寅寅喃喃细语嫉妒道。

“你有什么好羡慕我的，你跟林利南……”

“唉！别提他了，整天就知道打架、踢足球。花在球赛上的时间，要多过我好几倍呢！哪像你跟陶雨啊，天天都是形影相随，多幸福，多浪漫啊……”

“浪漫手牵手跟我一起走，听到有人在赞美我啊，多谢！”这时候陶雨端着洗好的水果走进病房。

盼到他回来了，王丽那笑靥下的温柔充满幸福，“瞧你美的，嘻——”

“水果已经洗好了，你喜欢吃哪样，寅寅你呢？”陶雨笑容可掬问道。

“青苹果。”

“香蕉。”

“OK！寅寅香蕉给你；王丽，苹果要不要削皮呢？”

见他关怀备至，她柔声谢道：“好啊。”

这回可是自告奋勇了，自小他可就不擅长干家务，偏偏硬着头皮去做。

吃着香蕉见他那副笨拙的样子，张寅寅不禁皱起眉头却又忍俊不禁地笑了起来：“呵呵，哈……”

受了奚落，他不禁恼羞道：“笑什么?!”

“我说你啊，到底会不会削苹果呀？想做个血苹果啊！小心别把自己的手给削破了，倒过来再让我们王丽照顾你。”

“削苹果嘛，我当然不是很熟悉啦，要知道我吃苹果都是连皮啃的！”

察言观色、心领神会，“噢……为了王丽真是勉强你啦。”

“唉呀！寅寅，你可不可以说点别的呀，我高烧啦，总说这些话会越烧越高的！”的确，你侬我侬弄得王丽面红耳赤。

为缓和气氛，只听他说道：“对了，张佳丽老师不是说要去郊外野炊吗?”

“对啊,可惜王丽看来是去不了了。”张寅寅惋惜道。

可王丽却认真道:“我一定会让自己很快好起来的,我一定能去的!”

“嗳,没有关系的,你的身体是最要紧啊。如果到时候你去不了,我会留在这里陪着你的。”陶雨细心地安慰着她。这句嘘寒问暖让她眉开眼笑,低着头羞涩道:“嗯,只要有你陪着我,在哪儿都一样。”

三月的小雨、四月的风,恬静地荡漾着玉兰花香,泡足日光浴又迎来了月光露。

病房里见张寅寅双手托腮,疲倦地坐在长椅上,嘴里唠叨着:“困死啦,真搞不懂医生干嘛要给王丽挂这么多药水啊,都这么久了还有一半没滴完……”

“喂,你小声一点啊,王丽她刚睡着。你抱条被子在长椅上先睡吧,还是让我来守着吧。”

“睡长椅? 呵,我可从来没有过哦!”无奈,她只好依着。

静静地守在她的病床边,细心地把被子给她盖好。小心翼翼捂着她那正输液冰凉的手,仿佛攥着生命中最重要的东西生怕消失……

过了许久,如释重负的他叹了口气:“啊……终于快滴完了。喂,寅寅……”

“干什么嘛,人家困死啦!”张寅寅朦朦胧胧般嘘道。

只见他催促道:“喂,你别睡了,快起来啊! 药水快滴完了,你过来看着一下，我去找护士来给王丽拔针。”

却见张寅寅迷迷糊糊地坐了起来，摇摇头漫不经心回道：“唉！不必啦，有我在呢，我一个人就能抵得上两个护士。”她那三脚猫的医术今晚可派上用场了，天晓得能否胜任。

“真的吗，你还有这本事啊？那……你看已经差不多了，可以拔针头吧？”出乎意料，她眼下是梦游呢，还是艺高人胆大！但陶雨还是有些放心不下。

见她摆出一副护士的架子：“你靠边站，棉球在哪儿？”

“噢，在这儿，给你。”

“喂，你轻点嘛。”

“知道啦，被爱的人真是幸福……”

“喂，你小心点啊。”

“唉呀，你真啰嗦！我本来不紧张的，都给你搞紧张啦！要知道本小姐工作时最大忌讳就是……给我安静啊！”张大小姐终于不耐烦了……

蓦然一声，“啊！”王丽的手还是被针扎痛了。原来只有软管被拔了下来，但针头却还扎在手上，正涌着鲜血。

这下子张寅寅可紧张了起来，见她如坐针毡、手忙脚乱道：“哎呀！妈呀，该怎么办啊？王丽，对不起、对不起！”

慌乱之余，值班护士赶过来解围了。

“叫你小心点的嘛！”这会儿陶雨可心疼不已。

“我……我又不是护士啦，要不是你啰里啰嗦的我也不会紧张啊。”

此刻无地自容的张寅寅可难为情了，真想找个地缝钻下去。正低首下心，却盯上了垃圾篓里的香蕉皮……

可算上了鬼子的当了，他不禁气宇轩昂地声讨道："你不是护士?！可刚刚还说你一个人能抵得上两个护士的。"谁叫你相信的！失误……

这时王丽拉着他手从中调解道："我手不痛了，没事啦！陶雨，我好口渴哦。""噢，稍等一下啊。"说着，他转身拿了一瓶矿泉水拧开盖儿递给了她。喝了几口水后，见她长吁短叹道："啊……我现在感觉好多啦！"

此时此刻，他终于如释重负地笑道："对哦，你已经淌汗了病就好啦！来我帮你把汗给擦一下吧。"说时，他拿起纸巾轻轻拭去她额头上的汗珠……

正当她沉醉之余，忽见陶雨滑倒在她身上。刹那间，嘴唇正吻住她的脸颊，而手正巧扑在她那高耸丰韵的胸部，"啊……"一声惊叫，娇喘吁吁。那张云娇雨怯的脸庞更迭绯然，爱情升华的不会如此快吧？片刻后，方见他迅疾起身，神思恍惚般喘息道："对不起、对不起！不好意思啊，我不是故意的……"唉，何必这番虚文浮礼呢。

遂即去调查事故的原因，他往地上一瞧："可恶的寅寅，怎么把香蕉皮丢在这儿，让我……"这会儿的张寅寅早已在长椅上睡下了，不晓得她是否真的睡着。唉！你也该反省一下了，谁叫你刚才将张大小姐给得罪啦?！

春风吹拂着晓月，随之月光透过窗户洒遍满屋映着湖光山色。蓦然，听闻似水柔声："吻我一下好吗?"那股升华着的爱情，激起了她蠢蠢欲望。血气方刚的少男与情根深种的少女相通起情思绵绵。光影在窗帘上演绎着男欢女爱,温柔地倾进他的怀抱含情脉脉地相拥一起。急促的呼吸声、泛满绯晕的脸庞,灼热的眼眸中影映着唇齿相依……久久的情爱心心相印,化作了层层迭迭的水波,被那春风一往情深地吹回那波光粼粼的湖泊。

东方欲晓,薄薄的晨雾缭绕苍穹。

风起云涌迷雾飘然逸去。

春意盎然、春满人间,繁花似锦、繁芳香煦。

野炊时,王丽为感谢陶雨、张寅寅在她生病时无微不至的照顾,便亲手烹制了蜜汁牛排来犒劳他们。

"怎么样,好不好吃啊?"

"人美,做出来东西自然美味可口啦。"陶雨细细品尝赞美道。

"干嘛要这么勉强啊?"她幸福的笑容美不胜收。

"嗳！现在女孩子会下厨的很少了,王丽你要是能天天都给我做美食就好啦!"

嫣然一笑,王丽回道:"那你就不怕吃腻啦?"

"不会,只要是你做的就算吃上一辈子……"

"哎呀,真受不了啦！你俩这样卿卿我我的,考虑下别人的感受好不好啊,当我是空气呀！算了,我还是走开吧……林利南!"羡慕嫉妒恨的张寅寅终于找到了男友的身影,便飞向了属于自己的天空。

夕阳无限好，只是近黄昏。

喧嚣的春昶渐行渐远，浪漫的星座纷至沓来，点缀那初升的月亮，装扮起诗情画意的人间。陶雨和王丽漫步竹林下，清爽的晚风阵阵拂来，缭绕着丛树繁花，汩汩的月光照得枝叶斑驳淋漓。

两情人花前月下，告白着久置心中的情爱……

“王丽，当年的重要事情我想起来了！”

“你想起来了！是真的吗？”

“嗯，请闭上眼睛！”

“你要干嘛啦？”明知故问，内心八成有数了。

“王丽，你愿意嫁给我吗？”只见他单膝下跪，手持鲜花，举着戒指求婚道。

“啊！呀……这些东西你什么时候准备的？”

“这都不重要啦，关键是你愿意吗？”

“嘻嘻……我愿意！”

皓月当空，萤火飞舞。因有一处一处的幻影，故更有一处一处的光艳。这幅诗情画意与那深情爱意交织在一起……幸福地扑进他那温情伟岸的怀抱，热吻着她那粉嫩的唇瓣，悸动与狂热在身体间穿梭——这幅美丽的画正编织她那美丽梦。

温馨的浪漫、浪漫的月色，他没有烦恼、她没有寂寞。但愿月长久，浪漫手牵手。

第四章

夏进中学最近常发生打架斗殴事件。

校园里来了一批日本学生，言行服饰都带有很强的军国主义右翼色彩。他们中大多练过空手道功夫，在本国武士道精神的熏陶下变得色厉内荏。在校园中多次跟华人及韩国学生发生冲突，造成多人受伤，使得学校的师生们颇有微词。但因他们的亲属都是该地区的大投资商，得到了政府和商会的优待，所以事后大多不了了之……

兄弟阋于墙，外御其侮！林利南当仁不让，众虎同心迎战那帮日本学生，但结果却是两败俱伤。遍体鳞伤的林利南让女友张寅寅泣涕如雨……此时，那个唯爱主义者陶雨只想一心陪着最爱王丽，哄她开心,在一起共享浪漫。其实他也在恪守祖训,陶氏一族千百年来多出文人雅士,认为舞刀弄枪、横行霸道有悖于家族传统文化。故对于此事他视若无睹、置身事外。好在那帮日本学生也没有找他的麻烦。

直到一天……

小雨淅淅的清晨,王丽和张寅寅一起来到学校的健身厅。此时健身厅里早已划分了楚河汉界。当她俩正在跑步机上锻炼时,不料被对面的两个日本女生给盯上,见她俩风姿绰约内心不免起了嫉妒,便心怀叵测地向她们逼了过来。

不知天高地厚、胆大妄为的日本学生,他们的运气不会永远地好下去,因为已犯了大忌。那两个日本女生竟在众目睽睽之下,再次向华人挑衅道:"喂!我们那边的跑步机坏了,只好来用你们的了!瞧瞧,你们跑得也太慢啦,支那人都是胆小鬼、是懦夫!"见她们出言不逊又如此的嚣张,王丽不禁紧张害怕起来,但看到一旁的张寅寅对其漠然置之,便也随之置之不理。不料其见状后,伸手去调快了跑步机速度,结果使她俩从跑步机上摔了下来。随之见这两日本学生抱起手臂,趾高气昂地冷笑了起来。

"啊,好痛哦……"顿时,王丽感觉全身疼痛。张寅寅也摔得不轻,怒道:"这群该死的女优!哎哟,痛死我了!王丽,你怎么样啊?"她将王丽扶起后,便冲其吼道:"哼!你们真是欺人太甚,张大小姐今天跟你们拼啦!"(为男友报仇雪恨,旧账新账一起算!)见她冲了上去,王丽赶紧跟着拉住她,却将其中一个日本女生的挎包给撞掉地上。顿时,见其将阴森的目光投向她俩，“胆小鬼、懦夫，赶快捡起来给我道歉!”

此时此刻，见张寅寅变得强悍无比:“啊呸! 捡起来、道歉? 没门!”“对啊! 是你们故意让我和寅寅摔跤的，道歉的应该是你们才对!”王丽此刻正极力维护着好友。这会儿那两个日本女生可丝毫没有愧疚感，反而更加嚣张跋扈:“哼! 你们还是明智些，快点给我道歉，否则可要你们尝尝空手道的厉害!”空手道是何乎，张大小姐可是模棱两可、含糊不清，“空手道? 我看猪狗道一般吧!”话音未落，脸上就重重地挨了一拳! 随即张寅寅倒地痛哭了起来:“啊……!”嗨，吃亏了吧，好女不吃眼前亏嘛，咋就不记住呢。

紧跟着又见其向王丽一拳打去……此刻，她不禁花容失色、惶恐不安，心中念道:挨拳头是在所难免的了，便惊呼起来:“啊——”奇怪? 自己的脸蛋并没有疼痛感，睁开水灵的大睛一瞧——陶雨!

原来那记拳头被赶来的陶雨及时抓住。惊愕失色的日本女生欲奋力反抗，只见陶雨用力一捏消去她的手劲，将其手腕向下扳住，紧跟其后用力打出。随见其便摔倒在地痛苦万分:“啊……”在场的另一日本女生见状后，可再也不敢嚣张了，只是扶起受伤的同伴，原来她们只虚有其表、鱼质龙文。

扑在陶雨的怀里压压惊，随后王丽赶紧将摔倒在地的张寅寅扶起。

光环笼罩着的陶雨此刻乃神采飞扬、风度翩翩。见他威风凛凛地说道:“对付空手道功夫，擒拿手最有效!”健身厅里那刻屏气凝神般的寂静，倏忽炸开了锅。在场的华人顿感扬眉吐气，簇拥了过来高呼道:“喔、噢……好啊！”

不多时候那帮日本学生聚集了过来，氤氲般的邪气笼罩着整个大厅。然而此刻的华人学生正斗志昂扬、同仇敌忾……

正是时，“打架凑热闹的地方怎能少得了我林教头呢！”只见林利南带帮死党冲了进来。

日本学生中最为霸道凶残的当数裕二郎，他阴森冷酷的眼眸冲着陶雨，“哼！我们可不怕你们人多势众，来吧！”“嗯，其实我并不想……”陶雨并非好战之辈，仍希望以和为贵，但是树欲静而风不止！

正当欲和平化解此事时，“好啊！那我们就不客气啦，大丈夫视死如归，你爷爷的跟我冲啊！”只见林利南悍然不顾重伤在身，奋不顾身带人冲锋陷阵了……林利南记住了前次的教训，从而想到了对付空手道的方法——他们每个人都在身上绑了数块钢板，欲叫那些空手道学生吃大亏！

终究那只不过是雕虫小技罢了，没过多久林利南就横遭裕二郎的穷追猛打，瞬间面目全非、血溅四处……

“利南……”张寅寅见况后心疼不已、泪流满面。见闺蜜哭得这么伤心，王丽也不禁心急如焚，欲让陶雨去救人却又欲言又止，正当她左右为难时倏忽听到，“林利南，够义气，挺住啊，我来啦！”这一刻陶雨也单刀直入冲锋沙场，好久未施展筋骨了。

正见裕二郎又一记重拳杀向林利南，此时他已身负重伤无暇自保，幸好在这一刻陶雨及时赶到，起身飞脚踢开了裕二郎的手臂。遂即陶雨赶紧扶着林利南撤出战场，不料裕二郎穷追不舍，再度重拳出击袭向陶雨。刀光剑影间，陶雨眼疾手快迅疾杀个回马枪，从人群中跳了起来，猛的一记旋风脚踢在裕二郎的脸上，紧跟其后又一脚下劈直斩其头……这招劈波斩浪终于将其给制服了。

凶神恶煞的裕二郎连遭重创，片刻间见他口角鲜血淋漓，头晕目眩渐渐失去平衡倒了下去……其他的日本学生见状后冲了过来。

担心事态扩大，会造成更多的人受伤，陶雨便挥手叫停道："大家都住手!"此时欲借机来化解矛盾，见他眉头紧锁、慷慨激昂道："裕二郎，前些天就听说你们在校园里横行霸道、恃强凌弱。作为炎黄子孙我们一向爱好和平，但你们再三挑起事端，我们只能奋起反抗。希望你们能够好自为之……"

正说着却听到："哼！刚刚你只是巧胜裕二郎而已，想要我们就此罢休？办不到！我金木义则可不是好惹的，你敢跟我单挑独斗吗?"这位叫金木义则的日本学生凭借身强体壮、空手道黑带的实力，便跃跃欲试。

紧攥的拳头格格作响，陶雨义正词严道："我们中国人并不好战，但绝不代表胆小怕事！为了海晏河清，平息这场风波，我接受你的挑战!"

"好！明天此时此地，一较高下!"说时见金木义则起脚狠狠地将一椅子给踩扁了。此刻的陶雨正心血澎湃，只见他重重的一拳将另一椅子击成了碎片。

大厅里再次听到华人们的高呼，"喔……好！打死这群日本鬼子……"

这时候那群日本学生不禁有些惶恐了起来。

正为男友林利南受伤而泪涌时，看了此景张寅寅也不禁破涕为笑，见她啼笑皆非地喊道："哇啊！王丽你看陶雨好棒哦！我现在好崇拜他哦……"

"寅寅，你的脸不痛了吗？"此刻的王丽可没心思去寻开心。

"痛！怎么不痛？可恶又可恨！可惜我没能亲手教训她，你让陶雨把她拎过来，让我打她两巴掌，消消本小姐的气！"张寅寅委屈叫道。王丽蔼然劝道："不要啦，她已经被陶雨教训过了。你那心上人现在还受着伤呢，不管啦？赶紧扶他去医院吧。还有啊，瞧你的脸再不去治疗的话，小心林利南喜欢上其他女孩儿。"

只见张寅寅赶忙捂住受伤的小脸蛋，叫嚣道："呵！他敢——"

这场打斗暂时平息了，健身大厅里的人群也渐渐散去。

"啊！陶雨，你的手流血啦！"突然间，王丽看到陶雨的手上正滴滴流血。他的手刚刚因用力过猛而麻木了，听了她这声尖叫方知自己挂彩了。看了看伤口，却见他微笑着安抚道："不要紧的，只是皮外伤而已，很快就会好的。"可王丽非常在乎，都快心疼死了，见她怨声载道："还说不要紧，都流这么多血啦！我宿舍里有个小药箱，赶快去让我给你包扎一下……小心点呀！""好、好啊……"见她这么忐忑不安、牵肠挂肚，他只好都应着，让她捧着那只受伤的手去宿舍疗伤。

昔日在校园里耀武扬威，而今儿却威风扫地。话说那帮日本学生他们做梦也没有想到突然间会杀出条黑马来，让其始料未及。且功夫深不可测,已对他们构成最大威胁。金木义则关切道:“裕二郎你伤势如何,要不要紧?”“我现在好多了,已无大碍……反倒是你,以前你顶多跟我打个平手,为何明天还要去挑战那个中国人,你认为今天我们日本空手道丢的脸还不够吗?”裕二郎跟陶雨过招后,深知他的本领了得。却见老气横秋的金木义则刚愎自用地回道:“之所以我挑战支那猪,就是为了保住我们日本空手道在这里的声望与地位,明日我自会全力以赴、放手一搏!”终究,裕二郎仍旧觉得不妥……

走进那温馨的画面,王丽正小心翼翼地给陶雨包扎伤口。第一次来到女生宿舍,满眼新奇,只见他不时地闻来嗅去。她吐气如兰道:“你干嘛呀?”深深地吸了一口气,他温雅笑道:“你的屋里好香啊……”猜想之前与日本学生爆发冲突时,她一定给吓坏了,故得安慰着哄她开心:“王丽知道吗,你在微笑的时候好美哦。”

她羞涩地低头不语,脸上露出了久违的笑靥,温柔地依偎着在他怀里……那温婉柔美的脸庞蓦然变得忧心忡忡,好担心在明天跟日本人的挑战中男友会受伤。终究他们个个心狠手辣、残酷无情,并不是中国武术的切磋点到为止,而是打倒为止;或许陶雨会对金木义则手下留情,但金木义则绝不会对陶雨心慈手软……爱得深想得多,王丽那双忧郁的眼睛里泛满了泪水……

一滴载满忧伤的泪珠不堪重负滑落到他那受伤的手心,“王丽,你怎么哭了?”

她那愁容满面映满了他的眼眸，深情地注视着他，哽咽了许久回道："取消明日的挑战好吗?"

"你的头发好香啊!"摩挲着她那乌黑亮泽的秀发，对她的劝导充耳不闻。

"陶雨，我是认真的。"

"不可以……"见他不假思索语重心长地回道。

闻听这样的答案，她感到好失望、好沮丧，站起面对他苦口婆心道："怎么不可以? 陶雨，你现在就去收回你的话，不跟他挑战了行吗?"却见他情愫道："不行的! 王丽，今天我当着那么多人的面答应了挑战，要知道男子汉一言既出，驷马难追! 嗳，放心好啦，明天的挑战我一定会赢的……"

"陶雨，你只知道去挑战! 可你有没有想过我的感受呢? 我好为你牵肠挂肚知不知道啊?"她的苦楚未得到他的理解，不禁怨声载道。

可他依然故我："我当然知道啊，但你要明白那帮日本学生在校园里有多霸道，我当仁不让理应接受这个挑战。民族大义关口，情爱放一旁!"

"你们男生总是大道理成篇，为了点义气就以身犯险。但人生的归宿是爱，你懂吗?"

实质上陶雨何尝想去挑战，自从今天亲眼见她险遭伤害，他才下决心要铲除这帮恶霸，绝不让她再受到一丝一毫的伤害。

一阵争论后，见他微微点头道："我懂……"自他上次因猎豹事件被张佳丽口若悬河、喋喋不休地唠叨后，便留下了“后遗症”。不料今儿王丽也用此招，真是有其师必有其徒，这恐怕要激起他的病根了。

只见她继续攻心道：“你不懂！如果你真的爱我的话，能明白我的苦心，那你就去……”

“唉！你这女人真烦人！我告诉你啊，我根本不爱你……呃？”他的悖言乱词过火了。

“啪——！”只见王丽狠狠的一巴掌打在陶雨的脸上……她强忍住了哭泣，但那泛滥的泪水早已不能自已，心在那瞬息间支离破碎。

愧疚的眼神不敢正视她，一只手捂着挨巴掌的那边脸，口中喃喃自语道：“今天没被日本人打，倒被这小家碧玉的姑娘揍……”英雄难过美人关嘛，当然要被揍啦。王丽咬住嘴唇眉头紧锁着，她越来越是委屈，紧跟其后又踩他一脚，“哇……你有完没完啊，如果不够那再多踩几脚好啦。哇！高跟鞋踩人满疼的……嗯？我的眼睛……好痛、好模糊啊，啊！王丽，我看不清东西了，你、你在哪？”突然感到他的眼睛出问题了。

这一刻她也顾不得生气了，赶紧上前扶住他，盯着他的眼睛急切道：“你怎么啦？啊！你的眼睛好红哦……陶雨，你怎么样啊，不要吓唬我啊？”

踉跄地退到床边，他脑子里一片空白：“糟了！我看东西怎么都清清红红的，眼睛里好痛、好烫哦。”“陶雨，你坐下不要动哦，我去拿些冰块来。”扶他坐下后，便慌忙从冰箱里砸出几块碎冰用毛巾包上，坐到床边她呵护备致道：“先躺下，小心点嘛……感觉怎么样？”她先将枕头塞到他的头颈下，把裹着碎冰的毛巾敷在他的眼上……

过了一会儿，他的眼痛渐渐得到了缓解，见他舒畅地喘了一口气。知道自己正躺在女友的床上便美美地笑道："呵呵，你的床好柔软、好舒服哦！不过呢，听说长期睡太软的床对脊椎不好。"没料此刻他还有这等闲情雅致。见他嬉皮笑脸的样子，王丽不禁破涕为笑："讨厌啦！陶雨，现在你感觉好些了吗？""嗯，好多了，已经不怎么痛了。我想只要休息一下就会好的，不要担心了。"

阒静的屋内微风拂来，轻轻掠过她的秀发。望着静静睡去的男友，蓦然感到好内疚，是否因她那违心的一巴掌而使他的眼睛……俯下身去，纤纤细手抚着他脸上的掌纹，不禁潸然泪下、悔恨不已。

这时候张寅寅推门进来，"王丽，哦啊！怎么有个男的躺在你床上？这不是陶雨嘛……他、他的眼睛怎么啦？"只见王丽扑在她的怀里，哭诉道："都是我不好，他的眼睛失明了……""唉！你别哭呀，慢慢说到底发生了什么事？"张寅寅见屋里哭的哭、伤的伤，一股脑儿都是迷惘！

"刚才我打了他一巴掌，他的眼睛就看不清东西了。"

"不会吧，他这样的猛男不会那么脆弱吧。对了，你怎么舍得去打他呢？"张寅寅听得满头雾水。"都是他啦，故意气我！可我真的不是有心要那样做的……"王丽好后悔自己的一时冲动。

张寅寅俨然安慰道："唉，知道你不是有心的啦！王丽，陶雨他……他醒了。"

王丽回首疾步，"陶雨，你现在感觉怎么样啊？"

陶雨将毛巾慢慢地拿开,他的眼睛眨了眨,“现在可以看清楚了!”

“真的吗?太好啦!”此刻她的泪眼中终于闪现出喜悦。

“王丽,以后你不要哭得这么伤心好不好?我会心痛的……”见眼前的泪人,他起身为之擦拭泪水。

“心疼我?哼!可你刚刚还说不爱我呢……”推开他的手,她矜持着闹起了别扭来。何为百炼钢,化作绕指柔。

闻过则喜,带他那永恒的笑容拉着她的纤手,歉意万分道:“呵呵,我错了嘛,对不起啊!再说啦,我已经被你……好痛哦!”刚柔相济,再获美人心。

在一旁的张寅寅乐个不停,忽见陶雨手上缠着厚厚的纱布,她不禁信口开河道:“哇!女汉子好狠心哦,你伤了陶雨的眼睛,还连手也给打残啦?!”

“不是啦!”王丽娇嗔争辩道。

这时候,陶雨回忆道:“都不是因为她啦,前一阵子我的眼睛就时常有这种感觉。”

“真的吗,你怎么可以不告诉我呢?我陪你医院看一下吧。”

“是啊,不可以延误的。”

恒宁医院。

王丽陪着陶雨来到了眼科做检查。她关切道:“医生,他的眼睛怎么样啊?”

仔细看了一下检验单，只见医生语重心长道：“嗯……暂时还不能确诊，可能是视网膜出了问题，具体情况要等到下周才会知道。”“啊！是不是很严重呢，我的眼睛不会有事吧？”正值英雄少年时，此刻他也不禁担心了起来。

“陶雨，不要着急嘛，你听医生讲啊。如果视网膜坏了那会怎么样啊？”

“失明。”医生用那职业性的口吻回复了她。

离开恒宁医院后，陪他来到了海洋公园逛了很久，希望在失明之前一起看看那几条可爱海豚的表演……

傍晚时分，返校路经恒宁医院时，见陶雨眉头紧锁着，王丽也跟着沉默不语。她几次想安慰他但又欲言又止，还是先让他冷静一下吧……“陶雨？”“王丽，你不用安慰我了，医生只是说可能而已，未必会真的发生，就算是真的我也不会害怕。”闪烁其词间，他强颜欢笑以掩藏着内心里的风暴。

“你能这么想我就放心了，就算是真的那样你也不要害怕会寂寞，因为我会永远……一辈子都会陪伴着你。”患难与共，生死相许。

校园中遇见几个日本学生，蓦然间又见她犯难了起来：“陶雨，明天你还要跟金木义则挑战吗？”

“嗯？这个……”以他目前的状况真是进退两难，故踌躇不决、三缄其口。

这时候王丽回过身来，微笑着鼓励道：“我支持你！”

“支持我去挑战！我没听错吧？”

“我觉得自己之前好小气、好自私，想想那样不好啦。但是你必须答应我，不准受一点儿伤！还有，要保护好眼睛！还有啊，你的手已经受伤了，要更加小心！对哦，手上的伤口该换药啦，去我那儿……”言词之余，她不禁面红耳燥，心如小鹿乱蹦……

夕阳披着晚风，带着层层叠叠的晚霞渐渐远去。繁星满天熠生辉，寻寻觅觅窗前来；星火燎原承相思，不负人间有缘人。换好药后，悄然熄灭了室内的灯光……纤手温柔地搭在他的肩上，含情脉脉地注视着他，呢喃细语道：“看窗外的夜空好美呀，焰火般的星星真让人赏心悦目！”

“那我们去阳台上欣赏吧。”

“嗯……”说时依偎进他的怀里。

挽纤腰落座花间阳台，投怀送抱遥看星火呼应。纤云弄巧、飞星传恨，耳边响起喃喃细语道：“中国古时有个很美丽的传说，牛郎织女。虽然他们之间阻隔着无际的银河，可彼此的心却紧紧连在一起……王丽你看那颗就是牛郎星，对面与之心心相印的便是织女星，可惜中间还有道可恨的银河……”

“呵呵，可我更喜欢梁祝传说啊，像我们呀！不过呢，唉……”

“怎么啦？干嘛忽然伤感了起来？”

“他们的命运都太悲惨了啊！陶雨，我们以后会在一起吗？”

“会的！只要我们彼此都深爱着。”说时在她的耳根处亲吻了一下。

"干嘛啦……"蓦然她身体间一股赤热伴着幽香扑来,使他情不自禁地亲吻起她的全部……在那急促的娇喘声中,彼此相拥着吻回卧室,在这温情脉脉中宽衣解带。

……

出水芙蓉般笑靥倾国倾城,软软躺在他的怀里缠绵不休。

"王丽,我们还很年轻,你要不要服用避孕药……"

"不嘛,如果怀宝宝的话,我会很开心呀,那可是我们爱情的结晶哦。"

紧张之余,他蔼然可亲道:"呵呵,你这么喜欢小宝宝啊?那好吧,就让我们一起期待天伦之乐早日降临!"

幸福之间,她嫣然笑道:"嘻嘻,嗯……"

次日晨雾弥漫,阳光变得脆弱朦胧,这对陶雨的眼睛很有利,在挑战时可以避免被强光照射。王丽帮着他把衣服穿好后,又给手伤换了药……"今天我一定将金木义则打得落花流水!"豪言壮语间,见她投怀送抱,贴着他的心口情愫道:"只要你能不受任何伤害,平安回来!其他的我一点也不在乎……"

夏进中学的健身厅里挤满了人群,看来陶雨与金木义则的挑战赛影响力还真不小。那擂台周围聚集了英雄豪杰,都来为民族英雄呐喊助威:"陶雨加油!陶雨必胜!……"

只见陶雨挥手致意道:"谢谢、谢谢大家!陶某人一定不失众望……”

挑战开始!

“呀——!”刚开始金木义则便先声夺人,欲以先下手为强,只见他左拳右掌狠命地向陶雨拼杀了过去……随之陶雨连续几个敏捷的动作,避开了金木义则的拳脚相加。数个回合后,陶雨已基本摸清了金木义则的拳脚速度与招法。知己知彼后,陶雨即化防守为进攻。

金木义则连续扑了几次空不禁恼羞成怒,一副凶神恶煞的样子,再次疯狂地向陶雨扑了过来……见他那暴戾恣睢的嘴脸,陶雨回想起昨日这帮空手道学生,竟敢去伤害他心爱的人。不禁两条浓眉纠成一气,满腔愤怒血脉飙涨,只见他冲过去一手抓住金木义则的拳头,紧跟着来个四两拨千斤,将其手臂拨至后背,随之再来一脚顺水推舟。这就使得金木义则一头栽倒在地,但又见其欲起身反抗,结果被陶雨以流星赶月之势来招秋风扫落叶,一个猛的旋风腿踢在脸上。只见金木义则口吐鲜血,倒了下去。

不过,金木义则终究不忘武士道精神,片刻后又见他艰难地爬了起来。但已见一招平沙落雁重拳袭去……

“住手啊——”蓦然全场肃静,日本学生中一个叫中岛雪子的女孩冲了过来,护在金木义则的身前。

见中岛雪子的眼神里充满了惶恐与无助,其情可悯……此刻陶雨的手因出力过猛,致使伤口崩裂再度流血。

大厅里阒静万分,只听到鲜血滴落声……

“啊！陶雨——”王丽见到他的手又流血了不禁惊叫道，她冲了过去捧住他的手。

手臂上的肌肉渐渐松弛了，见他收拳后护着王丽退后几步。此时中岛雪子扶起金木义则坐到了椅子上，原来她是其女友，彼此感情甚深。

片刻之后，金木义则有气无力地说道：“多谢手下留情！我认输了……”

在一旁的中岛雪子也深深地鞠躬致谢道：“谢谢！”

这时候，陶雨也舒了一口气说道：“希望大家以后可以化敌为友，和睦共处！”顿时，健身大厅里响起一片掌声……“陶雨，你的手又流血啦！赶快到我那儿把伤口包扎一下。”王丽心疼地关切道。旗开得胜的陶雨丝毫未感伤痛，但也安慰道：“我这点伤跟金木义则比起来不算什么。王丽，谢谢你这么关心我！”

紧张之余，不禁云娇雨怯道：“跟我还用说谢吗？”

周末，两对情侣在美轮美奂的新城步行街上嬉笑闲逛着，卿卿我我，好不甜蜜。他们走进了一家珠宝行，只见柜台里面摆放着琳琅满目的金银珠宝饰品。陶雨见林利南为张寅寅买了一条玛瑙手链，他便仔细挑选着饰品准备送给王丽。当看到一条产自海南的黄花梨手串，他向王丽征询道：“你看这条手串怎么样啊？据说可以保平安呢。”“嗯，挺精美的！不过呢，我又不信佛啦，且它的雕工也不怎么样嘛。”以王丽的家世这条手串确显平凡了。这时候，在一旁的张寅寅乐道：“咦？陶雨你戴的项链很特别哦。”“是啊!”蓦然间,王丽对他戴的项链爱不释手。

俊俏的脸庞露出会意的笑容,见陶雨将项链取了下来给王丽戴上。紧跟着王丽又把自己的项链取下来,踮着脚尖将其戴到他的脖子上……

交换定情物的情景将一旁的张寅寅弄得花痴沉醉,见她情不自禁地说道:“哇! 交换项链可比交换戒指浪漫多了。”林利南见她那副五迷三道的模样便笑道:“是嘛,那寅寅我们也交换项链吧。”

“哼! 我才不要呢,你那项链是便宜货啦!”

……

傍晚陶雨回到家刚推开门,眼睛顿时就被大厅里强烈灯光照得疼痛难忍,不多时他眼前渐渐暗黑了下来……

“啊——”他捂着疼痛的眼睛摸索着前行,不料撞到正在拖地的女佣身上,又将水桶踢翻,紧跟着滑倒在地,“哇! 痛死我啦……”

女佣赶忙去扶陶雨,“哎呦! 小雨啊,你走路怎么不小心呢,摔着了没有? 快起来……嗯,太太。”正在这时,陈蔚静与丈夫陶振声从楼上走了下来。

陈蔚静见宝贝儿子摔倒在地,不禁关切道:“小雨,怎么了?”

站在一旁的女佣不免紧张了起来。

摔跌伤丝毫掩不住眼痛,只见他摸索着躺到沙发上。

见儿子行为怪异,陶振声赶忙道:“小雨,你的眼睛怎么了?”只听陶雨呻吟道:“老爸,我的眼睛好痛啊! 眼前一片漆黑什么也看不见了……”

话音未落，陈蔚静急切地说道：“啊?！那还不赶快送小雨去医院！”

这时候，陶雨的表妹陈伊琳跑了进来，欢天喜地道：“陶雨哥，你终于回来啦！嗯？姨妈，他怎么啦?”

“唉！别问了，你表哥他要去医院。”

一辆越野车疾速赶到新城区的嘉佑医院。

“林医生，小雨他怎么样?！”陶振声关切道。

林家豪医生把口罩摘下来，郑重地回道：“陶先生，你儿子的眼病很严重，视网膜出了问题，而且后面的视神经有萎缩的迹象……”

听后心急如焚，陈蔚静不禁恐慌道：“啊！林医生，这该怎么办啊?！”

却见林家豪医生沉思了片刻，坦然地回道：“目前我们医院眼科这方面的治疗设备有限，建议你们尽快送他去美国麻省总医院医治吧，千万不能延误治疗的时间。”

“好的，非常感谢，我这就去订机票！”

陈伊琳一直陪在陶雨的身边，突然听他说：“表妹，帮我一个忙吧，把你的耳朵靠过来有话对你说。”只见她弯下身子，把耳朵贴在他的嘴边，“干嘛?”“我要去国外治疗眼睛了，明天你去夏进中学找一下王丽……”

听表哥提到女孩儿的名字，不禁兴致盎然道：“哎哟喂，人不风流枉少年！说得就是你吧，这都啥时候了！王丽她是谁啊，你女朋友吗?”“别啰嗦啦！明天你见到她后，替我向她道个别。告诉她我病好后就会回来找她的，要她等我，我会天天想念她的……”一番交代后，陈伊琳窃喜道：

“哇哦，好肉麻哦，王丽她一定是你女朋友！好吧，我答应你就是啦，你就好好养病吧！”

当晚，陶雨就在家人的陪同下乘坐国际航班飞往了美国。

次日，王丽在教室里左顾右盼地等待着陶雨，见他迟迟未到，心中不免牵挂道：奇怪了，今天他怎么会迟到呢？

突然看见张寅寅从外面匆匆地走进来，“王丽，外面有人找你。”

“寅寅，谁找我啊，是陶雨来了吗？”

“不是，找你的是个女孩子，我陪你出去看看。”

陈伊琳见了王丽后不禁惊喜不已，如此靓丽的姐姐！真乃沉鱼落雁、闭月羞花，难怪那么帅气的表哥会迷恋她。

见了一个稚气未脱的陌生女孩儿，王丽疑惑道：“请问找我有什么事吗？你是……”

“你们好！我是陶雨的表妹，我叫陈伊琳。”陈伊琳谦逊有礼回道。

原来眼前的就是陶雨所述的表妹陈伊琳，见这小妮子一脸烂漫天真的样子，王丽蔼然可亲微笑道：“我以前听陶雨他提起过你，呵呵……你好，很高兴认识你哦！对了，陶雨他人呢，怎么还没来啊？”

见她这么关心表哥，真不忍心道出原委，只见陈伊琳含糊其词道：“嗯……表哥他、他病了……”

话音未落，果然见王丽紧张了起来，她关切地追问道：“病了?！怎么会病了呢，昨天还好好的，他病得严不严重啊?!”

陈伊琳接着说道:“具体情况我也不清楚,表哥他眼睛病得很严重,昨天晚上坐飞机去美国治疗了。他要我来向你说声对不起！说他病好后就会回来找你的,要你等着他,他会天天想念你的。”

……

从此以后,那个女孩的心似怅然若失,如堕烟海……“丽丽,一连几天你都心神不定、神情恍惚的,跟妈说说遇到什么事了啊?”潘洁见女儿整天面若冰霜、心力交瘁的模样不禁心疼道。

倚在母亲的怀里,她愁绪锁眉诉说道:“我爱上了一个人,但他走了……去美国治疗眼睛了,不知道何时才能回来,我好想他……”

潘洁抚摸着女儿的秀发,安慰道:“刚满十九岁的女孩儿就被情感纠缠着,真让妈于心不忍啊。丽丽,妈相信你很快就会见到他的。”

……

地铁的门缓缓关上,她孤独地坐在角落里。

那苍白的灯火透过车窗,随着疾驰的地铁,闪烁在她那黯然神伤的脸上。从前烂漫的笑容悄悄被这流窜的光影,淹没得无影无踪。地铁的终点濒临海港,她下车后独自走在沙滩上,找寻着那颗失落的心。

坐在岩石上潸然泪下,望眼欲穿那太平洋的尽头。这个海边是她离他最近的地方……

主题篇

爱向太平洋

LOVE INTO THE PACIFIC

第五章

九月的海，九月的风，依旧沉醉于蔚蓝色的天空下。汩汩的秋风想海想太久，回首眷念间，激荡起荷香风韵。新城大学菡萏池边寂静地坐着一个人——陶雨，带着万千思绪睨望着那片出水芙蓉……

在美国经过三个月的精心治疗，陶雨的眼睛终于痊愈了。回国后被父亲安排在老战友的学校，新城大学就读。新城大学是二战期间建立的综合性大学，现已名扬四海，桃李满天下。在这地区还有福宏大学与恒宁大学，几所高校在各方面的竞争都很激烈。

秋日午后，新城大学的校园。

伴着轻快的脚步声听到:“陶雨！冰镇的可乐给你。”陈伊琳自知办事不力,故献起了殷勤。与他在同一系的还有其表妹陈伊琳,这个自小就好赖皮、耍宝的女孩儿见了就头疼。只见陶雨漫不经心地回道:“哇,伊琳妹妹,你真够哥们的啊！对了,拜托你办的事怎么样了,有没有王丽的消息？别告诉我又毫无头绪啊。”

“还真毫无头绪呢,她可能失踪了吧！嗯,不过呢,表哥你也别着急啊。本小姐的死党们已倾巢而出！保证一周内帮你搞定……那表哥你答应我的事呢?”陈伊琳这哪里是表态,简直就是借机敲诈。

“喂,你怎么搞的！还倾巢而出？呵！你的那帮死党在下实在不敢恭维啊,办事效率这么差,还跟我谈条件？想要我那辆超跑,拜托有点诚意好不好！哇,你鞋上哪来这么非主流的脚印?”陶雨无奈责问道。

忽然间见她大声冤屈道:“表哥——有人欺负我啦！今天我可温柔的了,但还是无端被人家狠狠地踩了一脚啊,表哥……”

“哇,这么倒霉呀,那恭喜……”

“恭喜你那头呀,你得帮我报这一脚之仇！就像你以前打日本学生那样,先把他打倒,然后让我踩上一百脚！不,少啦,是一千脚才能解本小姐的心头之恨!”

“又来这套,你累不累啊！怎么帮你报仇啊,连人家长什么样都不知道？唉,算了！得饶人处且饶人嘛。”

“不、可、以！刚刚校园里有人在打架,我只是路过看热闹的。这叫躺着也中枪,我冤不冤呀！听着啊,本小姐现在就向你发送那个人资料:

男、身高一米八左右、额头上有个L形疤痕,其他无可奉告!速为本小姐报仇!”陈伊琳颇受侦探小说影响。

“哈,你是侦探还是中邪啦?嗯……额头上有个L形疤痕?”

“是啊、是啊!你知道是谁?太好啦,我们这就去揍他!”

回忆起来的人便是林利南,额头上的疤痕是以前在夏进中学时,他跟日本空手道学生打斗时留下的。

“林利南?陈伊琳,快带我去找他。”

“太好了!”正以为她表哥回心转意呢,兴高采烈地讨伐去了。

校园里一场群架过后,林利南不料伤了手,正在校医院治疗。他自小就生性顽烈,经常打架斗殴,学校档案里记满了他的血泪史。十几年间伤痕不计其数,胜负则平分秋色。

又见林利南感慨颇多,陶雨饶有风趣道:“林教头,好久不见啊!今天又‘为民除害’啦。”但其他人都称其为祸国殃民!

林利南见了生死之交,不禁欣喜若狂道:“哟……陶雨,你回来啦!唉哟,真是想死老弟我啦!回想几个月前,我们在一起大战日本空手道,真是打得惊天地、泣鬼神啊!唉,好汉不提当年勇,可惜老弟我受伤了。对了,你眼睛好了吗?”

“好了!你的手伤不碍事吧?”

这时却见林利南不屑一顾笑道:“唉,这点鸟伤只是家常便饭罢了!唉,都怪那个欠扁的花木……”

在一旁的陈伊琳鼓着小嘴暗自怒道:哼!你的手不碍事,我的脚还要紧呢！

“花木？他不是王丽的表哥嘛。对了，我来正想问你，王丽她现在情况如何啊，在哪所大学读书？”

“嗯……这个我也不太清楚啊，不过呢，寅寅她一定知道。要知道，她俩在夏进中学时可是闺蜜啊！对了，寅寅她人现在就在体育馆里打网球呢。”

此刻的陶雨不禁眉开颜笑道：“太好了，我这就去问她，谢谢你，待会见啊！”

“祝你好运啊！”最后，林利南也不禁奉上一句祝福。

北伐失利啊，陈伊琳心中愤愤不平：哼！原来臭表哥跟他是蛇鼠一窝、狼狈为奸，看来这脚印之仇本小姐得先存起来，涨利息！

想起之前让陈伊琳去打探女友的消息，尽出乌龙，今儿却歪打正着……见他摇摇头叹道：“唉！真是踏破铁鞋无觅处，得来全不费工夫！”正暗自庆幸时，却听到陈伊琳唠叨着：“唉呀！你慢点行不行呀，我的脚好痛啊！”

“伊琳妹妹，你的脚今天立功了！”

听得她一头雾水，“什么鞋、什么脚啊？我立功啦？那你要怎么谢我啊，是不是把你那辆……”这丫头时刻惦记着那辆保时捷跑车。

“我那辆超跑就先让你过儿大瘾吧，别超速闯红灯啊！”

失望之余，见到陈伊琳追上来问道：“喂！小气的表哥，那个寅寅是谁呀？”“唉，你没听林利南叫得那么亲热吗，当然是他女朋友啦。”话音刚落，顿时一声惊呼："哇啊！那个寅寅一定很凶、很可怕喽?"脚仇未报成，想要坏人家名声啊?

听得他稀里糊涂，疑惑不解，"怎么讲啊?"

"门当户对嘛。"貌似有理！

但不想被他骂道："对你个头啊！人家张寅寅可比你要温柔多啦。"

却见她迷惑道："哇，比我还要温柔？这还有天理没！那她不是要被男朋友给欺负死啦！"

见她涉世未深，不懂人情世故，陶雨不禁发愁道："唉……伊琳妹妹啊，你也老大不小了，别整天学姨父当警察查案子。表哥劝你抽点时间去谈场恋爱，到时候你就自然知道，男女在一起是谁欺负谁了。"

"难道张寅寅会欺负林利南，她是泼妇吧！"

话音未落，听见一女声："是谁在中伤本小姐呢！我什么时候成泼妇了啊?"正巧张寅寅从旁经过。

闻听熟悉之声，陶雨回头惊喜道："张寅寅！"

"陶雨！呵，我瞧这背影怎么如此熟悉呢，原来真的是你啊！终于回来了，你知道吗，大家都很想你哦！眼睛好了吗?"张寅寅洋溢着喜悦之情。

"嗯，我的眼睛没事了，这几个月大家都好吧?"

"嗯！我们都还好啊，你的眼睛痊愈啦，真是太好了！"

寒暄片刻后，见他切入主题："寅寅，王丽她还好吗?"

"怎么，你回来后还没见到她吗?!"张寅寅惊讶道。

“是啊,我正想来问你。”

一想起闺蜜来,张寅寅不禁情愫道:“唉…… 自从你走后,王丽就好似变了一个人。整天少言寡语、心神不宁的,还生了几次病呢……唉!我不说啦,还是赶紧去找她吧,你才是她灵丹妙药! 她现在考在南郊的福宏大学,是美术系的。”

“哦,知道了……对了,寅寅你有她现在的手机号码吗?”

却见张寅寅摇头回道:“我只有她以前的号码,可她那部手机几个月前在海边丢了。后来我们碰了几次面,知道她不用手机……”

“我这就去福宏大学找她……谢谢你啊,寅寅。”话音未落,就见他转身直奔向停车场。

“喂! 表哥,我也要去!”陈伊琳跟后喊叫着。

只听陶雨抛给她一句:“老实呆着!”

无奈止住脚步,陈伊琳睁大眼睛怒道:“为什么!?”

这时候张寅寅过来搀着她的手,微笑着说道:“因为你刚刚说本小姐的坏话啊,看我怎么收拾你,嘿……”

陈伊琳歇斯底里喊道:“臭表哥,救我——!”

驾车驶离了新城大学飞奔向福宏大学,此刻心潮澎湃的陶雨不禁心花怒放,一扫之前的阴霾。令他朝思暮想、魂牵梦萦的女友终于要见面了,多盼望早一分一秒见到她……来到福宏大学下车后,便径直往美术系的教学楼走去。

绯红的鲜花映衬着菀青碧绿的草木，这派欣欣向荣、庄严圣洁的校园——福宏大学，欲以青春正点向世人展示她的朝气蓬勃。一群娉婷婉约、清新脱俗的女生，正蹀躞在那片岸芷汀兰间，微风吹来花香四溢，引得她们情不自禁地甩开那乌黑亮泽的秀发。嬉笑间，遇见了陶雨……弹指间已成为少女们的点评焦点。此时陶雨并无意跟她们眉来眼去，只留意王丽是否人在其中。

只听甜甜一片，“Hi——”

不料，他被这般神韵将给迷住了，“呃……Hi!”

这时候她们中的一个女生，莞尔而笑嗲嗲道：“下午好，以前怎么没有见过你呀？你……找谁呀？”

“哦，我刚回国不久，新城大学的。你们知道王丽她在哪儿吗？”

那群女生闻后便纷纷议论道：“王丽？说的应该是那个冷冰冰的美女吧，她可是潘洁主任的女儿……噢，你说的那个王丽她在……啊——你后面……”倏忽，那群女生如似老鼠见了猫——原来此时正巧该大学的主任潘洁走了过来。潘洁在学校里可谓是名副其实的铁娘子，此刻正所谓棒打群芳……

此时此刻，陶雨的心中不禁窃喜道：啊，是王丽！自认为女友这时就站在他的身后，可没料到是她妈！只见他一笑倾城，蓦然回首……城墙垮塌了！笑容转瞬即逝，那惊愕的下巴半天无法合拢，心里纳闷道：怎么会这样啊，王丽呢？眼前这位凶神恶煞的婆婆是何方神圣！那群女生干嘛要捉弄他呢？只见陶雨回过头去，欲跟她们讨个说法。但时过境迁，美女们早已消失得无影无踪。

无可奈何转过身去,陶雨不由得愤慨道:“哇！老婆婆,您差点吓死我了!”

以前可没有哪个学生敢如此无理对潘洁主任大呼小叫,“什么？老婆婆！你这臭小子怎奈如此不懂得尊敬师长,我老了吗?”潘洁那般铁娘子的威风把陶雨给吓愣了,“呃……对不起、对不起！老大妈,您干嘛要站到我后面呢？刚刚吓得我魂飞魄散!”

好似又一个张佳丽,却听潘洁继续责问道:“你这臭小子说话难道非得带个‘老’字不成吗?!”

无奈,陶雨只好辩道:“不是,老阿姨啊……哇！我又说‘老’字啦!”只见他立刻捂起嘴巴,言不由衷啊。

那个铁娘子训斥道:“刚才见你跟那群女学生眉来眼去的,我过来调查一下。唉！还是离这臭小子远点好,不然我真的就老了!”说完见潘洁不屑转身而去。

唉！陶雨啊,你怎么可以惹她老人家生气呢,人家可是你未来的丈母娘啊……算了,不知者无罪嘛！但却突然听到,“喂！阿姨,刚刚对不起啊！其实您还凑合着,不显老……”

哇！陶雨你还有完没完啊,人家终究是你未来的岳母大人,太过分啦,现在不知者你也有罪啦！果然不出所料,只见潘洁主任怒发冲冠,两手掐腰疾声厉色道:“不显老？就是老了！你这臭小子今天非要把我气死不可啊,你是哪个系的学生,给我站住……”铁娘子可被气得脸红脖子粗……唉！您就得饶人处且饶人吧，人家不知您是王丽的妈，否则准保他称呼您为最年轻的那种，就怕您听后会更消受不起。此刻陶雨也想尽早摆脱纠缠，便撒腿就跑、飞奔而去。心神恍惚、怨声载道：唉！真倒霉呀，她是谁啊？你说是谁呢，不知道可要后悔的，算了让你后悔莫及好啦……

不知不觉间，陶雨走进了福宏大学的西苑花园。

西苑花园里的景致与新城大学的菡萏池颇有相似之处……秋水相思，望眼欲穿；所谓伊人，在水一方……纤细的波纹荡漾着蔚蓝色的天空，晴空万里抚慰起一片田田的荷叶，碧绿间亭亭玉立着千娇百媚的水芙蓉，飘逸着清馨怡人的荷香，引来了诗一般的风，吹拂着这片诗情画意。其间静谧地坐着一个人，是他常常梦见的身影……

"王丽——"

耳边终于等到了那久违的呼唤，带着那缠绵的思绪，缓缓地起身找寻着："陶雨……"

令自己夜不能寐、魂牵梦萦的她近在眼前，欣喜不已的陶雨径直飞奔了过去。在相隔不远处他顿住了脚步，喘息着凝望着……

碧绿的荷叶上滚动着思楚的泪水，出水芙蓉映衬起娇美的脸庞。四目交投间，情不自禁地扑进了他的怀抱……久违的爱，泉涌般渗进了冰冷的心，欲融为燃烧的火焰。相拥的这一刻，各自心头涌起了离别时的痛楚，盼望时的思楚，相遇时的泪楚……

西苑花园里的男男女女,带着羡慕的眼神微笑走过。九月的风依依不舍,暖洋洋地拌着荷香吹拂了过来,交织环绕在神仙眷侣间,化作成缕缕情丝,这般情丝万缕若春藤缠树小鸟依人。

两情人相互注视着会意地笑了笑,她的纤手擦拭着热泪盈眶的眼睛,在他胸口轻轻的拍了一下,关切道:“眼睛好了吗?”“嗯……”他微笑着点头回道,轻轻地抹去她脸颊上相思的泪水。

破涕为笑间,再一次深情地投怀送抱,嘘寒问暖道:“陶雨,你怎么瘦了?这么久都没有你的消息……我好想你,好挂念你哦。”

紧紧地抱她满怀,倾诉道:“王丽,你也瘦了……对不起啊,没想到会让你等了这么久。在那边封闭地保守治疗,致使疗程的时间太长了。那段痛苦煎熬的日子里,每当想念你的时候,总会看着这条你亲手戴在我脖子上的项链,对着它许愿希望可以早一分一秒见到你。”王丽娇气地拉着他一起坐到长椅上,陶雨温柔地挽着她的纤腰,嘴角贴在她的耳边重温起那段浪漫倾心的爱情。

在温暖和煦的秋风里沐浴着呢喃细语,软软地依偎在他那伟岸的怀抱里,从胸前将昔日亲手给她戴的那条项链取了出来,柔声细语诉说着:“每当想你、念你的时候我也一样,常常独自一个人去太平洋的边上,在那儿痴痴地问这条项链,我的陶雨他何时才能回到我的身边……”

九月的天渐趋日短,久久缠绵的荷风将夕阳吹拂在晚归的路上。落霞染红半壁天幕,映照这片田田碧绿,蓦然间并蒂莲开……

两情人正鸳鸯戏水、甜言蜜语时,忽然听到:“丽丽、丽丽!”

不料此时，潘洁主任寻到了西苑花园来。

“妈……”王丽见母亲走了过来，便从他的怀中盈盈地站了起来。陶雨一听好熟悉的声音，抬头一看：“哇！不会吧?!”这下子他可傻了——刚刚与之争吵的那个人竟是女友的妈！想到其火力太猛，恐不是对手，只见他赶忙转身欲溜之大吉。

不料，听见王丽娇声娇气道：“妈，你怎么来了？对了，我要让你见一下我的男朋友。喂……陶雨，你怎么了嘛？快过来向我妈问好啊。”说时，她将陶雨拉起来推了过去，这下倒要看看他如何赔礼道歉、讨好人家啦。

定睛一看！潘洁刚沉浸的怒火，倏忽又浮出了水面，“丽丽，这臭小子就是你的男朋友?!”

闻之不解，王丽不知其前因后果，只好带着微笑问道：“是啊，他就是陶雨。妈，怎么啦，你们认识啊?”

这会儿陶雨可变得乖趣多了，见他苦笑道：“阿姨好，别来无恙啊……”

“嗯……托你小子的吉言，我已经老喽!”潘洁傲慢了起来。

猜到母亲与男友可能发生了误会，王丽追问道：“老了？妈啊，你可从来不喜欢说自己老的啊？喂！陶雨，这是怎么回事嘛?”此时的她可成了夹心饼干了，既不能让母亲生气又不要伤害男友。

尴尬间，见他支支吾吾、闪烁其词地解释着：“嗯……这个啊……完全是场误会嘛，那并非我的本意。只是我不擅长表达，就……”尽力争取女友母亲的宽容谅解。

夹在中间的王丽左右为难，只见她挽着母亲的胳膊撒娇道："妈——陶雨他不是故意的啦，其实他好笨的啦！您就算了吧，好不好嘛？"

见女儿很久没这么开心了，想到陶雨这个小子虽然有些油嘴滑舌，但人长的满讨人欢心的。思前想后，潘洁那傲慢严肃的脸谱渐渐柔和了下来，"丽丽，妈可要提醒你哦，你整天念叨着的这个陶雨，他周围有很多的女孩子。所以啊，你跟他在一起可要小心哦，不要被他的花言巧语给骗了。"接着，潘洁又转身对陶雨训道："你这臭小子，以后就称呼我伯母好了，一听你叫阿姨，我这全身就不舒服！"

只见他一个劲地点头道："好、好啊！伯母，我周围哪有那么多的女孩子嘛，刚刚我是去问路的啊！我是永远只爱王丽一个人……"

见女儿羞怯地低着头，脸上展露出甜美的笑靥。潘洁揪了几个月的心终于放了下来，自己也露出幸福的笑容。突然间，潘洁注意到女儿胸前的项链，这条项链正是当年她与陶振声的定情物……对当年那刻骨铭心的往事，至今她还记忆犹新……但现在这条项链，又怎么会戴在自己女儿的身上？"丽丽，你戴的这条项链是哪来的？"

依然见王丽幸福乐道："是陶雨他送给我的！"

忽见潘洁责问道："臭小子，这条项链你哪来的？！""这条项链从小就戴在我身上啊，怎么了？"陶雨见她脸色渐趋严肃，心里不禁又担心了起来：唉，这女友的妈怎么总是阴晴不定的，我又哪里做错了吗？

内心再度矛盾了起来：原来如此，从前茶园一别，那孩子一下子都长这么大了。现在又阴错阳差地跟我女儿在一起，这该怎么是好呢？潘洁不禁惆怅恼恨道："你父亲是不是远洋货轮制造公司的总经理陶振声？快点告诉我！"她再次掀起了铁娘子的威风，都因昔日那爱恨情仇。

突然间像罪犯一样被审问着，他不禁被吓傻了，含糊其词道："嗯……是啊！"

"哼！陶振声你这个负心汉！竟然今天又让我遇上了你儿子？……唉！算了、罢了，但有其父必有其子！臭小子，从今以后不允许你再跟我女儿在一起！"

话音未落，陶雨不由得惊讶道："为什么？我老爸他又怎么了！伯母原来您认识我爸啊？难道……您以前跟他有深仇大恨？"一语即中！

"住口！臭小子你的行径比你爸也好不到哪去，刚刚还看你跟一群女生打情骂俏、眉来眼去的，你以后不准来找丽丽了！"潘洁怒斥完后转身拉着女儿就走，"丽丽，答应妈以后不要跟这小子在一起。听妈说，瞧你近来脸色很不好，跟我去医院检查一下身体。"

短暂喜悦之后，又再次蒙上阴影。王丽委屈地追问道："妈、妈！这到底是怎么回事嘛？我和陶雨相爱在一起，跟他爸爸有什么关系啊？"
"妈是不放心你跟那种贪图富贵、忘恩负义人的儿子在一起，妈可不能再看你重蹈覆辙……"

正当迷惘之际，陶雨沉思默想了片刻，赶紧追出了西苑花园……"伯母，我想您一定是误会了！请给我一点时间，待我回家向老爸问个清楚好不好……对了！王丽，你身体怎么啦，要不要紧啊？"这一刻，注意到了她的脸庞更多些苍白,眼眸里充满了愁情烦恼……

天空中倏忽一阵雷霆霹雳,惟听一声:“没你的事,走开！臭小子以后别让我再见到你了!”“喂……”迷惘时分,他只恨自己没勇气追上去,困惑的眼眸中隐约看到她那情爱已非的身影……

时值傍晚,半岛上空乌云翻滚、雷雨交加,洗劫了那片令人陶醉的晚霞。

驱车返回了新城大学。

陈伊琳见表哥成了落汤鸡不禁想要戏弄他,故意装腔作势道:“哇!陶雨同学,这么炫耀你的跑车啊,下这么大的雨还开着敞篷!?”

乘兴而去,败兴而归！陶雨尚经得起表妹的奚落,沉默就是最好的抵抗。“喂——陶雨,干嘛不理我呀,见到你那个日思夜想的王丽没有啊?”

“见到了。”冷冷地回了她一句道。

“怎么样啊?”她忙好奇追问道。

“我又把她妈给得罪了……”他瞟了一眼搭讪道。

“啊？我还以为要上演鹊桥会呢。你这个大笨蛋！怎么可以把她妈给得罪了呢,难道你不想跟她在一起啦?”

倏忽见陶雨猛然上前一步,眼睛直指陈伊琳,“听着！大人的事小孩别问,男人的事女人别管！我最讨厌被女人骂了,哼!”

陈伊琳被表哥训得委屈声声,“干嘛要这么凶啊？你跟她出了问题又不是人家的错……”只见陶雨喟然叹息道:“唉,我已经给分析出来了!一是怪我老爸;二是怪你陈伊琳把我给影响坏了!”“呵,六亲不认啦,你人格分裂吧！你们这些霸道的男生自己出了问题,还要怪别人不够温柔美丽！对啦,郑校长找你呢。喂——你有没有在听我说呀……”陈伊琳遇到这样难伺候的表哥,真伤脑筋。唉！此刻的他正烦着呢,能伺候好吗,还是靠边站吧。

换了套衣服吹干头发后,陶雨来到了新城大学的校长办公室。只见郑光凯校长神秘兮兮地拉着他坐下,和蔼风趣地说道:“小雨啊,交给你一个任务,周末把你父亲请来,就说是我请的!”“郑校长,有什么事吗?”陶雨疑问道。郑光凯起身走到窗口语重心长地回道:“我跟你父亲是老战友,周末想要把酒言欢叙叙旧……眼下福宏大学依靠 SBC 卫视大张旗鼓地搞宣传。还有,恒宁大学也是这样。这对我们新城大学发展是很不利的,虽然我反对以这种形式竞争,但按照目前的情况来看,我们只能以其人之道还治其人之身了。”“噢,我明白了,老爸他会来的。郑校长,SBC 卫视干嘛要这么支持福宏大学呢?”

“SBC 卫视老总王少庭的太太潘洁,正是福宏大学的主任,她可是圈内出了名的铁娘子。不过嘛,这个威风凛凛铁娘子的命中克星就是你父亲!”

“噢……我终于有点头绪了,前辈们的往事真复杂啊!”

只见郑光凯疑问道:“怎么,小雨你认识她?”

“下午才见过她嘛！不过当她知道我是陶振声的儿子后,就拒绝我跟她女儿来往了。”

“哈……这个中缘由就要问你父亲了！”郑光凯也不禁为往事感慨万千。

一连几天陶雨都是忧心忡忡的，几次去福宏大学寻找王丽都无果而终。

周末，他回到家推开门正见父母亲坐在大厅里谈笑风生。

“小雨，回来啦，怎么这么晚啊。你的病刚刚好，可不要到处乱跑哦。”陈蔚静见儿子已长大成人，看着一表人才、英俊倜傥，她心里说不出的高兴。

“妈，我知道了。老爸，有件很重要的事要跟您汇报，到楼上去！”陶雨觉得那事还是避开母亲的好。

见儿子神秘兮兮的，陈蔚静便笑道：“哟……儿子长大了，做妈的现在连旁听的权利都没有啦？”“不是啊，妈这是我们男人之间的事……”他可得在母亲面前卖个乖。

看着儿子那副傻样，陶振声绝没料到他会知道自己与潘洁的那段过去。“小雨啊，有什么重要事情非要到楼上说啊？我开董事会也没到这工夫，就在这里讲吧。”

这时候，陶雨不禁诡笑着说道：“那……我可说啦？爸，您真的不担心吗？”“你这臭小子有完没完啊，你老爸我行得正站得直、身正不怕影子斜，有什么好担心的？！”陶振声气轩昂然地表态道。坐在一旁的陈蔚静搭讪了一句："哟，你行得正站得直才几年啊？不是我说你啊，你对那女人可一直都藕断丝连着……"

一听这话，陶雨便知自己是哪壶不开提哪壶。只见他挠挠头说道："嗯，第一件事不太重要，但也重要。您的老战友郑光凯校长有要事商谈，请您去新城大学一趟。""什么要事商谈，是不是你又闯祸了？""没有啦，只是郑校长找你去叙叙旧、谈点儿事。"说完陶雨再次诡笑了起来，尴尬道："第二件事太重要了！嗯……妈，待会您可不可以不要发言呢？"

心想倒要看看儿子要耍什么花样，陈蔚静便应道："嗯，好吧。"

见一切都布置妥当后，陶雨便开诚布公地说道："老爸，铁娘子知道吧？"

此刻的陶振声仍不知儿子在葫芦里装的是什么药，"你说的是英国前首相玛格丽特・希尔达・撒切尔夫人吧？""唉！不是啊，我说的是福宏大学的主任，潘洁。"说时他机敏地斜睨了一下母亲陈蔚静。

蓦然间，客厅里寂静了起来……"你说的是她啊，潘妹！小、小洁，她怎么了？"看来陶振声对此人果然敏感。

"嗯哼！"正值此时陈蔚静在一旁咳嗽了一声，提醒丈夫不要在儿子面前失态。只见陶振声立刻会意道："噢……这个人我不是很了解，你小子怎么跟我提起她来了？""因为当潘洁伯母知道我是你儿子的时候……"

此时陶振声也不禁关心起昔日的情人来，"她跟你都说了些什么？""老爸，您跟她过去是不是有误会啊？她好像对您恨之入骨啊，说您……

忘恩负义!”

这时候陶振声的脸色倏忽变得苍白了起来,深深感叹道:“对我恨之入骨也认了,可你不该这样说我啊。唉！潘妹啊,当年我是有不得已苦衷……”

突然间只见陈蔚静站起来怒斥道:“哼……陶振声,我看你对她是余情未了啊！我们陈家可待你不薄,听你一口一个潘妹的,还挺亲热的!”平日里她那温雅高贵的面孔荡然无存。

自知失态,陶振声便赶紧向夫人赔礼道歉:“啊——哪里、哪里！蔚静啊,都是因为这臭小子,我才提起她来……”

“小雨,你干嘛要提这女人?!”陈蔚静责问道。

“妈,您别生气啊。嗯,潘洁伯母的女儿王丽是我女朋友,可是伯母现在不允许我跟她女儿在一起……”闻之不禁萦怀于心,“噢……小雨,你回来才几天啊就有女孩子了？你把潘洁叫伯母?!”她不由得犯难了起来,怎么自己的儿子竟跟丈夫昔日的情人挺亲热?

大厅里笼罩着不祥的气氛,不禁让陶雨担心了起来,着急道:“妈,您该不会也反对我和王丽在一起吧?”你得赶紧去烧香拜佛,不！精诚所至,金石为开。

过了许久,陈蔚静深深地叹了口气,脸上又恢复了之前的温雅。她将儿子拉到身边坐下,和颜悦色地说道:“小雨啊,妈也是个懂事理的人。以前呢,我们陈家确实是亏欠了那个女人,但事已过去了很久。如今你能和她女儿相爱,妈也不反对。不过呢,你这个伯母的脾气可不是很好啊。”

“太好啦！谢谢妈！虽然现在伯母她不同意王丽跟我在一起，但我会非常努力地改变她对我的成见！”陶雨知道母亲是最疼他了，此事虽然涉及到上辈们的感情纠葛，但最终还是会得到认可的。

见儿子很久没这么开心了，陈蔚静也展露出幸福的笑容，“小雨啊，跟妈说说，你和王丽那个女孩子是怎么相识的，她长什么样子啊……”

“刚到夏进中学时我们就相识了，她长得好美丽、很讨人欢心。妈只要您见了就一定会喜欢她的……”

话说在前几天潘洁陪着女儿王丽，来到恒宁医院检查身体。

留女儿在医生办公室外面，潘洁自己单独走了进去，此刻的王丽内心也不禁胡乱猜测着。

“林医生，我女儿她身体检查的怎么样啊？”潘洁关切道。

“王太太，你女儿她怀孕了……”林慧君医生回道。

“啊！她怀孕了……多久了？”潘洁吃惊地问道。

林慧君看了一下检查报告单，回道：“有三个多月了，不过王太太值得担心的不是她怀孕的事，而是你女儿她另外还有病在身……”

“啊！什么病？林医生，那要不要紧啊？”潘洁急切追问道。

林慧君医生用日常职业性的口吻回道：“王太太，先不用过早地着急，你女儿她只是脊椎处有点病变，但目前还没发现骨髓细胞癌变的趋向，通常只要用药物给予治疗是可以痊愈的，不过这种病症容易恶性癌变,所以要每个月来复查一次……她现在又有身孕在身,所以王太太你要注意她的休息和营养,我现在来给她开药。”

“好,我明白……”潘洁忧心忡忡地回道。

等了好久王丽才见母亲走了出来,便过去挽着她询问道:“妈,怎么要这么久啊,你的脸色怎么这么差? 手好凉哦……”

突然间潘洁责问道:“丽丽,跟妈说你肚子里的孩子是谁的,是不是你跟那小子……?”

话音未落,王丽不禁惊讶道:“啊! 我肚子里的孩子? 妈,你是说我怀孕啦!”说时她不由得露出甜美的笑靥……

望着女儿一副欢喜的模样,潘洁不禁追问道:“你已经有了三个多月的身孕,却一无所知! 丽丽,你是不是在之前就跟陶雨已经……”

“嗯,孩子是我跟陶雨的。”只见王丽羞涩地低着头喃喃自语。

这下见潘洁责怪道:“丽丽,你们还很年轻,都还在读书。怎么可以跟他有孩子呢?”

却见王丽萦怀情愫地争论道:“为什么? 我们都成年了呀! 我爱他啊,他也爱我! 我爱他爱得都快死掉了,怎么不能跟他有孩子呢?”

考虑到女儿的身体状况,无奈之下潘洁只好叹息道:“唉! 现在你们年轻人在一起谈恋爱也太莽撞了,女孩子家也不懂得保护自己……丽丽,医生说你还有病在身,如今你又有了身孕,所以妈要让你暂时休学在家。”

“哦,好啊……妈,现在我也快要做妈妈啦! 嘻……”跟心爱的人怀了宝宝，内心难掩幸福喜悦，只见王丽点头羞笑。

见女儿一副天真烂漫的样子，无奈之余潘洁不禁长吁短叹道："你以为当妈那么容易啊，到时候可别哭鼻子哦。"

挽着母亲的胳膊，王丽娇声道："有妈您在嘛，两个妈妈会照顾不了一个小小雨吗？……对了，陶雨的老爸跟妈您以前有什么误会吗？"

这会儿潘洁的脸色黯然神伤了起来，"丽丽，先跟妈回家以后慢慢告诉你吧。"

第六章

朝鲜战争后，陶振声的父亲便退役了。因在战场上负过伤以致腿脚不便，其父仅依靠在山脚下承包个鱼场和政府的一点抚恤金来维持生计。六十年代初时，陶振声出世了，他自小就能吃苦耐劳且勤奋好学，少时就帮着父母打理鱼场的生意。

八十年代，家人艰辛地供陶振声读完了大学。在陶振声读福宏大学的时候与同乡同窗的潘洁相爱了。毕业后，陶振声正赶上了服兵役，而潘洁则是留在福宏大学任教。后来两家人常因渔场和茶园的经营权发生矛盾，但始终没能在陶振声与潘洁之间造成感情上的隔膜，其间潘洁对陶振声家人的照顾，也加深了对彼此的信任……

服完兵役后，陶振声进入了陈氏集团旗下的远洋货轮制造公司工作。为了改善家人的生活而努力奋斗、辛勤工作着，他在公司里总是任劳任怨。一年后，他以卓越的管理才能和给公司建立起经济高效运行机制，而得到了集团董事长陈宗杰的赏识和重用。自此以后经济状况得到了很大的改观，他正计划与潘洁结婚。

陈宗杰的大女儿陈蔚静见陶振声一表人才，待人诚挚和善，便渐渐触动了她的芳心。

不久陈蔚静就开始喜欢上了陶振声，对他多有示爱表白。然而刚开始，陶振声并没有对她的容貌和家世有所动容，相反出于对未婚妻潘洁的负责，便常常刻意避开陈蔚静的挑逗。然而因工作上的便利，陈蔚静处心积虑地接近陶振声来培养感情，最终他为了不与陈蔚静纠缠下去，便决定提前跟潘洁结婚。

然而，天有不测风云、人有旦夕祸福。就在陶振声跟潘洁婚礼前一周的时候，陶振声的父亲突然病倒住院，因患了很严重的肾病，急需肾脏移植。因此在短时间内陶振声要向医院交纳巨额的医疗费，他拿出了所有的积蓄还不足费用的一半，且在短时间内又得不到银行的贷款。但是，陶振声父亲的病若得不到及时的治疗，便随时会有生命危险……

不知温婉黠慧的陈蔚静何时窥知此事，便决定再次横刀夺爱，抓住这天赐良机。陈宗杰早就看出了女儿的心思，同时也想得到这个才貌双全的女婿，便将自己股权的百分之十五交由陈蔚静作为聘礼，准备送给陶振声。一开始陶振声就坚持拒绝陈蔚静以婚姻作为条件，来换去给父亲治病的巨额医疗费。为了不让潘洁因此事而苦恼，他便一直苦苦瞒着她……看到父亲在病床上日夜痛苦呻吟着，不禁回想到父亲这辈子也没过上几天好日子，腿脚不便辛劳大半辈子，终于等到儿子可以成家立业了，但还未来得及享清福就罹患重病……陶振声一个人孤独地走着，悲恸欲绝。那男人的眼泪终究忍住没有滴下来，当晚他喝得酩酊醒醉……

男人终究是要面对现实的，他决心在以后的日子里试着去忘记心爱的人，潘洁。重新去接受另外一个女人，陈蔚静。虽然当时他的抉择是那么的柔肠寸断、痛心疾首，但人生几何又是那样的无可奈何！于是，陶振声与潘洁在婚礼前一天分手了……面对着潘洁失去理智地撕打，他始终眉头紧锁、缄默不语未作任何解释，那滴悲恸的眼泪至今还深埋藏心中……

最终，陶振声与陈蔚静结了婚。

不久后，潘洁为了忘记陶振声的背叛与 SBC 卫视的王少庭结了婚。

两年后……

十月陈蔚静生了个宝贝儿子，取名为陶雨。

十一月潘洁生了个掌上明珠，芳名王丽。

周末呆在家里苦闷了半天，陶雨开车出去散散心。见他无意中驶向了南郊的福宏路，可能是太想王丽了吧。陈伊琳跟着张寅寅和林利南他们正要去海边游泳，碰巧望见了他，“喂——陶雨、表哥！”

陶雨望到了他们后便将车停在路边。

“表哥,你太不够意思啦！开着超跑出来兜风也不叫上我,哼!”见了她心爱的保时捷,陈伊琳便跑过来。

这时候,见林利南牵着张寅寅的手走了过来,“Hi——我们正要去海边游泳呢,陶雨,跟我们一起去吧,大家在一起叙叙旧嘛!”

“好吧,反正我也闷得慌……林利南,我挺羡慕你跟寅寅的哦。”陶雨见张寅寅甜蜜地依在林利南的怀里,不禁使他想起了王丽。

“怎么,你跟王丽还没在一起吗?”

“唉,一言难尽啊！都是因为她妈横刀夺人,不让我们在一起!”

三个人异口同声地问道:“为什么?!”

“说来话长啊,目前具体的原因我也不清楚,不过这个中缘由肯定跟我老爸有些关系,好像是潘洁伯母跟他之间有深仇大恨呢……”

大家正你一言我一语地揣测着前辈们的故事,突然间见张寅寅喊道:“喂！你们快看啊,那不是王丽吗?”

“表哥,她是来寻仇的吧,要我报警吗?”

“别多事啊,你这儿呆着!”

原来从超市出来后,王丽就远远看到了陶雨,她不禁傻傻地站在那儿,默默地注视着他……见陶雨走了过来,她的嘴角间露出了一丝苦涩的笑容。

痴男怨女相对无言,眼眸中载满了离伤。

蓦然间把她牢牢地抱紧在怀里,她咬着嘴唇不时哽咽颤抖了起来,那苦恼思楚的泪水不由自主地泛出了眼眶,滑落在他的肩膀上,泪湿衣襟……

这一泪流满面的场景，不禁让张寅寅心揪了起来，难过地躲进了林利南的怀里。陈伊琳在一旁傻傻地看着，没料到她表哥会对这女孩如此痴情。

相思成灾之际，陶雨哽咽道："王丽，你怎么了，身体要不要紧啊？知道吗，这些天我好为你担心……"

突如其来的恩怨情仇让她情爱已非，她的嘴角间抽动了一下，缠绵悱恻地诉说道："我没事啊，不要为我担心！你的病刚好，要好好保重啊……陶雨，你也不要生我妈的气啦，她这么多年以来，一直都承受着你爸当年的背叛之痛。如果现在再让我妈看见你，不免会迁怒于人加重她的痛苦……陶雨，我不要妈她再为往事伤心了！"说着王丽惆怅地离开了他的怀抱，泪眼婆娑、躲过身去，听她言不由衷、斩钉截铁地说道："从此以后我不想再见到你了，我们分手吧！你也不要我妈看见……"

"王丽，不、不要走……你听我说啊！暂时先不要听信伯母的一面之词好不好，他们之前可能有误会、有难言的苦衷……上辈们的恩恩怨怨我们管不了的，过去的就让它过去吧！不要再搅进你我之间好不好？"

可怜天下有情人……

正值伤感之时，潘洁从超市里推着购物车走了出来。"哼！又是你这个臭小子。果然不出我所料，你身边有这么多的女孩子！还来找丽丽干嘛，你以为她会不听我的忠告吗……"

在一旁的陈伊琳正喝着饮料，不禁被呛了一下，见她急忙辩道："哎哟妈呀……我可是他的表妹啊!”

“阿姨,寅寅可是我的老婆!”只见林利南一把将张寅寅搂在怀里。

“谁是你老婆啦?人家还没答应嫁给你呢!”

“哎呀,你配合一下嘛!以后你不就是我老婆了吗?”

“讨厌啦!”张寅寅俏皮道。

满腹惆怅的陶雨,苦楚的眼眸恳求着潘洁,“伯母,您跟我爸之间的恩恩怨怨都已经过了这么多年了,应该了了。何必再来难为我们呢?我是真心深爱着王丽……”

这时候一辆越野车缓缓驶了过来,只见陶振声从车里下来……大家一下子变得目瞪口呆,神经不禁都紧绷了起来。

“振、振声……是你,你来干嘛?!”此时此刻,潘洁那恸恨的眼神中正充斥着他当年的背叛。

再见故人,感慨万千。相映相持了起来,陶振声的内心里倏忽塞满了内疚与痛苦,“潘妹……小洁,这么多年没见你了,都还好吧……”

“陶振声,今天我不想旧事重提,那段伤心的泪水我早已流光了!”

“小洁,没想到都过去这么久了,你还在怨恨我?但请不要将仇恨延续到孩子们这一代,他们都是无辜的……”

“哼!我会恨你一辈子,别在这里假惺惺的了!”

“小洁,你听我解释!当年我是有苦衷的……”

“哼!你的苦衷?不就是为了成为陈氏集团的乘龙快婿嘛……陶振声,你以为欠我的还不够吗?现在又让你儿子来欺骗丽丽,又想玩弄感情,再让他抛弃我女儿……”

在一旁的陶雨,闻之急于表态道:“嗳！伯母,我跟王丽是真心相爱的,对天发誓我永远永远都不会辜负了王丽!”

争执不休间,忽听王丽哭诉道:“好啊！你们的恩恩怨怨非得把我扯进去,我谁也不怨只怨我自己!”说完见她捂着嘴转身跑开了……

带着那深深的痛楚,王丽一口气跑了很远。她蹲下身子抱着头恸哭了起来……蓦然间,她隐约感到腹部疼痛难忍:“啊……”

……

“丽丽、丽丽……医生,我女儿她怎么样啊?!”潘洁和王少庭急切道。

“请你们不要着急,您女儿她只是动了胎气,幸好已无大碍。她现在只是因一时疼痛而昏厥了,你们放心吧,她很快就会醒过来的。”

……

“丽丽,你终于醒了,感觉好些了吗?”

“妈,我还好啦,只是肚子有点痛……我是不是流产了?”

“没有,医生说只是动了胎气,已经没有大碍……丽丽啊,现在我跟你爸都想建议你把肚里的孩子给打了……”

不料她会反应如此激烈,“不要啊！妈,为什么你们想要把我肚里的孩子打掉呢？我和陶雨是真心的,我们都约定好了要在一起共享天伦之乐……我不能失去我们的孩子,也不能没有陶雨！妈——你就原谅他吧,陶雨不会学他爸那样来对我的……”

“丽丽,你还年轻,很多事你还不懂……你先好好休息吧,胎儿暂时可以不打掉，但我不会原谅他的……”说完潘洁离开了病房。

望着药水一点一滴流进身体，王丽的泪眼浸湿了枕巾。

面对惊涛骇浪的太平洋，陶雨孤自一人静默地坐着，深感人生的迷惘……在海里冲了一阵浪后，他开车找到了王丽的家。在车子里面犹豫了很久，眼睛痴迷地望着楼上的窗户，那姝好的身影忽隐忽现……鼓起勇气去敲门，女佣回道王丽不在家，其他无可奉告。

自此以后，他常来这里找她，不过每次都无果而终。苦恼着的内心不禁担忧道：这样子下去我会不会跟她分手？

九月的秋昶依然酷暑难耐，犹如在留念它那风华正茂的仲夏。到了夜晚却是汩汩的波浪涌上岸来，夹杂着清凉的海风缭绕着海滨城市的每一个角落。

该地区每年一度的大学生摩托车越野赛眼下就要到了。

独自一个人关在屋里，陶雨躺在地板上，聆听海风吹动着风铃演奏的曲子：宫、商、角、徵、羽……突然，“啊——”他被人踩了一脚，紧跟着又听到“嘭、嗵”两声。他倏忽跳起身来把灯打开，原来是陶振声进来后被他绊倒在地。

“哎哟……你这臭小子装神弄鬼干嘛呢！我这骨头架子都快散了……”

“啊，老爸，进来怎么也不开灯，有事吗？”只见陶雨赶紧将父亲给扶了起来。

陶振声揉了揉腰，然后从身上拿出两封信来交给他，“这次摩托车越野赛的成绩并不太重要，但最好不要输给福宏大学和恒宁大学就行了，这是你的参赛证。另外还有一封信，你瞧瞧。”说完，陶振声便撑着腰走了出去。

打开信一看，不禁让他触目惊心！信中叙述道，王丽昨天乘飞机去美国进修美术了，为了不让母亲再为往事伤心，她已决心与他分手……缘分注定他们不会在一起，彼此都要忘记过去，寻找新的伴侣……信的署名虽是王丽，内容却是打印出来的。

读后伤感无比，心急如焚。陶雨急忙拨通了王丽家的电话，不巧却是潘洁接了，回复依然是王丽去了美国……这下子他可傻眼了，疑团莫释。以前可没听说女友要去美国学些什么？随后他又急忙开车来到她家，却见门窗紧闭。

听到有人敲门，潘洁本想置之不理……打开门一看，果然不出所料，一封信是打发不了陶雨的，他仍然会来找她女儿的。只见她照例摆出那副铁娘子的架势，“臭小子！丽丽她已经去美国读书了，你还来干什么？”

此时此刻，他已被折磨得心力交瘁，那满腹哀伤的目光凝视她：“王丽到底去了哪里？没有她我快活不下去了！我不信她会跟我分手的，一定是你在逼迫她！”

铁娘子依旧怒斥道：“再说一次，丽丽她已经去了美国，信不信那是你的事！”

“那她去了美国的哪所大学？伯母，求求您告诉我……”

虔诚哀求下，差点动了恻隐之心，见潘洁踌躇不决道：“唉……你就别去打扰她了，以免耽误了她的学业。”

“麻烦您转告王丽，我会永远等着她的！”

“劝你就死了这条心吧！唉……时间会冲淡一切的。”

眼神中读懂了她的悲哀，只见陶雨惨笑了一下，苦口婆心道：“伯母，那你跟我爸之间的恩怨都随时间冲淡了吗？”

蓦然间，她再度发飙道：“哼！我跟你爸之间的恩怨是一辈子也冲淡不了的……你给我滚出去！”砰的一声，气急败坏地将门关上了。潘洁倚在了门后颤抖了起来，不禁再为往事而泪流满面，不管怎么说是不会让女儿重蹈她的覆辙……

第七章

本地区每年一度的大学生摩托车越野赛，于今日拉开战幕。这座城市里各所高等院校都派出了大量的学生参赛，且每所院校的体育系都有顶尖的参赛者。

蔚蓝色的天空中飞过数朵云彩，呼呼的劲风吹不去队员们的汗水，愈加激起了敢于挑战的信心和勇气。越野赛场的队员们陆续戴上了头盔、手套等等防护装备，进入了最佳状态。虽然已属秋季，但秋老虎依然是如仲夏酷暑。在这近四十度的高温下比赛，队员们也未免太苦不堪言了。

新城、福宏、恒宁等等院校的师生们，来到了越野赛场的始发地为各自队员加油助威，林利南、张寅寅、陈伊琳在一边喊道:“陶雨、表哥,加油!”陶雨骑上摩托车后,展示出一副玉树临风、英姿飒爽的架势来。他迎着劲风,微笑着挥手喊道:“谢谢!我们终点见!”

赛场一片呼喊声:“祝你好运、一路平安啊!拿个冠军回来!”

这时候,听到高音喇叭里播道:“各位队员比赛即将开始,五分钟准备,请启动引擎……十秒钟倒记时开始!”

顿时,越野赛场上不禁呼喊了起来:“五、四、三、二、一——出发!”

发令枪一声响后,摩托车群飞奔冲向终点……

本次摩托车越野赛的路途上可谓是艰难险阻,不仅地势落差较大,且险坡弯丘较多,地形相对往年更复杂。几年前陈氏集团拍形象广告的时候,陶雨跟着外公陈宗杰来过一次,故留下了很深的印象。以前曾被父亲陶振声用部队里的特种兵野战式训练过,所以他在驾驶摩托车上可谓是高手。

约莫过了一个钟头,赛场上只有四、五辆摩托车领跑在先,但也是时走时停……其他的大多因机械故障、队员受伤等原因滞后或退赛。

王丽知道心上人今天也去参加了越野赛,她本想去现场为他鼓励加油的。听了母亲的告诫,虽然她将信将疑,但又不想让母亲再为往事而伤心难过,故她便决定暂不见陶雨。然而她自己的痛苦却成倍增加,整天少言寡语、恍惚度日。她又像从前陶雨去美国治疗眼睛的时侯,变得忧心忡忡、悒悒不乐的样子。

时间临近晌午，摩托车越野赛场上迎来了烈日中天、仲夏酷暑的天气。此刻队员们皆是汗流浃背，只要一停下来便觉得浑身是火。他们不禁担心起摩托车的油箱会经不起这样的烈日爆晒。

陶雨努力地调整摩托车冲过了一个又一个的坑地弯丘，不多时候来到了一段较为平坦的地带，他的心情一下子轻松了许多。风呼呼吹着那火红的脸庞，他叹了一口气再出发！

蓦然间，眼前出现了一条不知深浅草沟谷，陶雨向四周探望了一下：空空荡荡没有人，心想冠军非我莫属了。踌躇了片刻，为了节省时间，他决定不绕道而行了。于是见他退了十几米，猛轰油门提起车头往前冲了过去……眼见摩托车就要在对岸边上着落，但就在这一刻，却见连人带车滑落进了草沟谷里。

不多时，陶雨从一米多深的草丛里爬了出来。幸好该地段的沟谷不是太深，但坑地却不少。他扶起摩托车后，发现不远处还有一名跌落草沟谷里的队员。定睛一看，原来是福宏大学的一号队员。

“喂！七号，你也下来啦！恭喜啊……”

“唉！还是先想办法上去吧，呆这里非把人蒸成鱼干了不可。”陶雨取下手套，摘下头盔擦着汗。开始打量起谷底的地形来，不禁为之叹为观止。

此时沟谷的上空风起云涌，谷底则如火如荼般的酷暑。这时候听到一旁的一号队员唉声叹气道：“唉！没用的上不去了，我们还是等待救援吧。这可是我第三次参加摩托车越野赛了，去年我可是冠军啊！今年的越野场地也不知组委会是怎么选定的，可谓是绝无仅有啊，一路上颠得我头昏脑胀的；还有啊，这天气也跟着反常，都九月份还是这么的炎热！”眼下陶雨并无暇理会他的唠叨，光顾着在谷底两侧去寻觅较小的坡度，准备冲出沟谷。

在草丛中举步维艰地搜索着，发现有越来越多的蛇正在他周围游弋着。见了如此多的蛇，陶雨不禁惊骇道：“蛇是冷血动物，如此酷热的天气竟然会有这么多的蛇在外面呢？对了，这些蛇要进出沟谷，那么这附近的坡度应该不大。”为了一探究竟，他戴上了头盔和手套，轻轻地拨开草丛上下仔细打量着地形。果然不出所料，摩托车可以勉强从这里冲上对岸。但此刻他又担心稍后摩托车经过这里时，会否激怒这些蛇群起而攻之？只见这群蛇有的盘绕着，有的四下游弋着，还有的张着毒牙吐芯……仔细辨别后，发现这大多数是毒蛇！

只要一个不小心那就可能没命了，故每个动作都极其谨慎，为此陶雨不禁捏了一把汗。得抓紧时间，此刻的他早已汗涔涔衣衫湿透，一旦在这儿中暑后果则不堪设想。

正在后撤时，突然在一个蛇洞边发现有块蓝色的石头隐约地闪着光，他用脚将石头踢飞了起来，随即被手接住。就在这一刻，只见周围的蛇群皆纷纷入洞，他心中不禁疑道：发生了什么事，难道跟这块石头有关系？见那蓝色石头并不像是人工做的，倒像是块流星陨石。

取下手套将这块蓝石头攥在手心，陶雨顿时感到精神振奋了许多。蓦然间，沟谷的一头袭来一股狂风，天空中渐趋灰沉了起来，朵朵翻滚的乌云慢慢压了下来……担心暴雨将至，他便把蓝石头放进口袋里，转身回到摩托车前准备冲出谷去。

引擎启动后，陶雨猛轰油门驾驶着摩托车一个回合便冲上了对岸。紧跟其后福宏大学的一号也冲出了草沟谷。接下来的越野途中，就只有七号的陶雨和一号队员竞相争夺了，剩下来的路途皆较为平坦。终究一号队员是个冠军级的老将，他跟陶雨周旋几个弯道后便一路领先了。随之陶雨也难免焦急了起来，灰头土脸得紧跟不舍。

过了不多时候，陶雨感到口干舌燥渴得要命。想起临出发时，表妹陈伊琳在摩托车的储物箱中塞了一罐可乐。为避免中暑，此刻他也顾不得去争夺冠军了。停下车来他取出那罐可乐，一口气喝光后顿时酣畅淋漓、精神抖擞。

扔掉可乐罐子，见他重新戴上了头盔手套，那冷酷脸上充满血色配着火红的队服，尽显男儿的英姿飒爽。只见他深呼吸了一下，摩托车飞速冲向终点。不多时便与福宏大学的一号队员缩短了差距，但此时皆已逼近终点。

越野赛的终点场地上人山人海，周边很多醒目的横幅广告与气球广告，“新城大学加油！福宏大学必胜！……”一号队员终于再次被陶雨赶上了，他们之间几乎并行冲刺着，“加油、加油！……”冲刺时刻人声鼎沸，呐喊声铺天盖地。

眼看就到终点啦……

此刻陶雨的心中不禁遗憾道：哎！赶不上了，只能拿个亚军了！

但是！就在一号队员离终点不到十米处时，突然从摩托车上摔了下来，中暑了！遂即陶雨若离弦之箭冲断了终点带！

“啊——陶雨、陶雨……”全场再次热血沸腾了起来……当陶雨把头盔摘下之际，只见几个新城大学的同学跑了过来，兴奋得将他举了起来抛向天空……

“七号队员，新城大学的陶雨荣获了本年度大学生摩托车越野赛的冠军！……”王丽未能去现场观赛，但她却是一直守候在电视机前看实况转播。当陶雨出现在荧屏的那一刻，她不由自主地屏住了呼吸，目不转睛地注视着他冲断了终点带，遂即热泪盈眶……

赛场上相继产生了亚军、季军……陶雨被送往大厅休息，等待参加颁奖仪式。

家人和师长对陶雨是道不尽的称赞与慰劳。郑光凯校长笑道：“老战友呀，你的事业真乃后继有人啊！”“唉！应该说是名师出高徒，名校出栋梁才对啊！”陶振声谦逊地回道。

这时候陈蔚静温雅地附和道：“小雨近来可有不少心事啊，这下子总该高兴了吧。瞧你伊琳妹妹给你带了这么多好吃的。”

说时见陈伊琳递上一罐可乐，“表哥，恭喜你拿了冠军呀！常言道：长江后浪推前浪，前浪死在沙滩上，今天的那个却是死在赛场上！冤不冤呢，哈、哈……”

陶雨喝了几口可乐，乐此不疲地回道：“啊……这次能拿到冠军，还真亏有你放在车上的那罐可乐！要不然啊，我也得跟一号那样中暑喽。”

话音一落，陈伊琳可乐坏了，只见她诡笑着嗲声嗲气道：“真的吗？嘻——那、那你知道该怎么感谢我吗？”

边吃边喝着，见他依然故我，“这个嘛……我早就想好啦，请你吃顿大餐！”

话音未落，却见陈伊琳鼓起小嘴怒道：“请客？哼！上次请客最终却是我埋单，被你骗了一次还不够啊？本小姐可不会再上你的当啦！”

“哇！哪朝代的事呀?!”过了片刻他才恍然记起：之前让陈伊琳帮忙打听王丽的消息，从而请她吃西餐，但自己却忘了带钱包……只见他无奈抱歉道：“哎哟，还真是啊！那、那你想怎么样啊？”

只见陈伊琳趾高气昂，得意忘形地诡笑道：“我嘛，嘿嘿！暂时还没想到呢，改天再说！”她心中不禁念道：本小姐可得好好整整你，总得连本带利讨回来才是！

“喂！你可别想得太过分啊，不会狮子大开口吧？别又想霸占我那辆跑车啊！只不过是一罐可乐而已嘛。”陶雨深知他表妹的心思，担心这个鬼丫头又要出馊主意来捉弄他。

自小就爱耍赖皮的陈伊琳可不买账，嚣张跋扈道：“不是一罐可乐，而是一个冠军！没有我这罐可乐就没有你的冠军！”哇噻，可乐公司应该找你去代言拍广告啦！

回到家中休息一天后，陶雨依然如故来到太平洋边冲浪。

清爽的海风吹拂着他那丝丝垂下的碎发，孤独地坐在岩石上，脚踩着一排排涌上岸边的浪花。蓦然间感觉好孤单，想起了前天越野途中掉进草沟谷时，捡到的那块蓝色石头。将石头对着温煦的阳光，眼前却忽隐忽现着他那朝思暮想、魂牵梦萦的王丽……拿出女友送他的项链，把这块石头嵌在吊坠的框中。

偶尔陶雨也被幸运之神所眷顾，他捡到的那块蓝色石头乃是具有生命之光的流星陨石。这颗生命之星是宇宙大爆炸时产生的，后来飞进太阳系与地球发生了碰撞，改变了地球上的生态环境孕育出了生命。

得知陶雨在越野赛中摘得桂冠，王丽好为他高兴很想去找他。但心喜之余却又看到母亲……此时此刻的潘洁对陶雨乃是恨之入骨！因为他将福宏大学三连冠的纪录给打破了，而且福宏大学在总成绩上又输给了新城大学。这样一来王丽只好打消了去找他的念头，不知她表哥花木从哪儿搞来的一大堆相片，上面全都是陶雨跟其他美女在一起的场景，未等看完她便把相片全部给撕碎了。跑回了自己的房间，趴在床上哭泣了半天，伤心着念道："陶雨，我恨你！你真的就这样忘记我了吗？我们的爱情难道会像昙花一现就枯萎凋零……"

第八章

本地区的几家电视台、报社与网络媒体都充斥着各所大学的宣传广告，其中造势最大的当数福宏大学和新城大学两大院校。一时间学术研讨、发表论文、新技术发布会等铺天盖地。这显然是SBC卫视与陈氏集团分别作为其后盾。同时也产生了反哺效应，新城大学造船及经济专业的博士生纷纷加入陈氏集团，致使集团新增资上市的股票被市场普遍看好，一度出现了涨停……正当陶振声得意之时，突然间接到了一个很糟糕的电话："什么？郑光凯校长遭绑架了！"这不禁令他大跌眼镜，与此同时福宏大学的主任潘洁也遭此劫难。

在远洋货轮制造公司的会议室里，陶振声正召开网络会议。屏幕上分别有SBC卫视的王少庭、福宏大学的校长、新城大学的副校长,他们对此事件进行了紧急磋商……经过一夜的争论,最终各方都认识到了这种盲目催肥式的竞争,不仅耗资巨大,而且必然会导致恶性循环,最终也有损于良性发展。最后两家公司应了绑匪的条件,分别从福宏大学与新城大学撤资。但绑匪却做出暂不放人的决定,要观察两家公司是否兑现承诺,且报警则撕票。各方谁都没料到绑匪会提此要求,但为了保证人质的安全,只好都一一答应了绑匪。

清晨,陶雨也得知二人遭到绑架的消息,他顿时也心急如焚,意识到事情的严重性,心中不禁急道:如果伯母有什么闪失,那王丽她……根据绑匪留下来的电话,他通过在警署工作的姨父,很快查出了绑匪打来电话的所在位置——恒宁街的夏日酒吧。

仓促之余他独自一个人开车来到了夏日酒吧,在酒吧里他悄悄地查了半天,却并没有发现潘洁与郑光凯的下落。正当他着急之余,突然听到几句窃窃私语:“唉!我们这次搞的人也他妈的太肥啦!都快累死哥几个了……”“唉,听头说人家可是大学的校长嘛,每年至少也赚个几百万吧……”“唉,可不是嘛!还有那个死八婆挺凶的……”“小声点,你俩别说了!头呼我们过去呢……”

觉得这个线索很重要,陶雨便悄然跟踪了过去。

不多时候跟踪他们来到了市南区的集装箱码头,他们与另外一帮人汇合后走进了一个陈旧废弃的集装箱里,陶雨随后爬到了集装箱旁边的一棵大树上察看情况。不久后见那帮人离开集装箱走进了不远处的小楼里，他扯了根树干便跳到了箱顶上。注意到这个集装箱的顶上有好几处已生锈裂缝了，他用树干在一处裂缝较大的地方撬开了一块箱板。深呼吸了一下，他趴在箱顶上向里面轻声喊道：“喂，里面有没有人啊？”

观察了片刻未见任何动静，正当陶雨要离开之际，突然间听到里面有声响。他拿着树干跳了下去，在集装箱内走近几步，依稀看到有人被捆在地上……定睛一看：“啊！伯母、郑校长！”陶雨赶紧上前给他们松绑，难怪没有听到回应，他们的嘴巴都被胶布给封了起来。

对于陶雨前来营救，潘洁的确是出乎意料，“臭小子，你怎么来了？”

郑光凯急忙道：“小雨啊，你来的正好，那群绑匪刚走。快！得抓紧时间离开这里。”说着见他艰难地爬了起来。

小心翼翼地扶起潘洁，陶雨关切道：“伯母，您没事吧？”

“嗯……我不要紧，还是赶快走吧。”潘洁没想到一直令她头疼犯难的陶雨，竟对她如此贴心的照顾，不禁自责有余。

由于集装箱的门被从外面锁了起来，陶雨只好将绑绳连接了起来，一端系于树干扔了上去卡在洞口处，另一端打了个结。

爬到箱顶上面后，他对箱内喊道：“伯母，您用脚踩住那个绳套，手抓紧绳子，我要往上拉了啊？”

“好了，臭小子当心啊！”潘洁那沙哑的嗓音回道。

将潘洁拉上来后，陶雨又转身去拉郑光凯，那重达两百斤的肥硕校长，可把陶雨给累得筋疲力尽……

暂时脱离了危险，潘洁的头发被折磨得凌乱不堪，整个人都憔悴不已;而郑光凯却是一脸狼狈不堪,手臂和脸部有多处瘀青。待陶雨将他们接到地面上时,又发现潘洁的脚也扭伤了,这一刻又见郑光凯感到腹部疼痛难忍,再加上他们已经两天多没吃东西了。为了尽快逃离虎穴,陶雨只得将他们俩架在肩膀上艰难前行着……唉!上次请客吃饭忘了带钱包,可有表妹陈伊琳顶上;这会却将手机丢在了车里,跟班的又不在,那就只好继续狼狈吧……

王丽在家中安胎养病,得知母亲遭绑架后她又束手无策,不禁着急地哭了起来。但最终还是想到了陶雨……她花了半天的工夫拨通了他家的电话。

"陶雨——"陈蔚静刚拿起电话便听到一少女哭泣着喊道。

"你,是哪位?"陈蔚静不禁为之一愣。

"别管我是谁啦!我要找陶雨……"这一刻慌不择言的王丽,她也顾不得对谁礼貌了,依然故我地喊道。

听她这么急着找自己儿子,陈蔚静便疑问道:"小雨他不在哦,你找他有事吗,等他回来回电话给你好吗?"

闻之不在,王丽这可急得六神无主了,"不在!他去哪里啦……我该怎么办啊?"

听出她找儿子有急事,陈蔚静便安慰道:"你先别急,我来帮你问一下。"说着,只见陈蔚静拨了儿子的手机号码。

夏日酒吧外面那辆跑车里的手机正急促地响着……

无奈，陈蔚静只好回道："对不起，小雨的手机打不通。"

这下王丽可傻了，"打不通?！陶雨你在哪啊……"说着手里的电话掉到了地上。

"喂！喂……"这会儿，陈蔚静也不禁担心起儿子的安全来，"哎呀，小雨他会不会有危险啊，难道也遭绑架了吗……"多事之秋，惶恐不安的她赶紧去找丈夫陶振声。

话说陶雨正艰难地架着潘洁和郑光凯向外面逃去，由于肩膀的左右比重严重失衡，故此刻的他累得气喘吁吁、精疲力竭……

突然间，惊闻一声："站住，哪里跑！"不巧，那群绑匪见人质跑了，便个个手持利器追寻了上来。

眨眼间，他们三人被绑匪们给团团围困住了，"你这小子，真是胆大妄为啊，竟敢救走我们要的人！你是哪个道上的，大哥是谁?！"

这一刻潘洁和郑光凯不约而同地瞅着陶雨(加油啊！陶雨，这会儿可是你表现、恕罪的最佳时机！不过嘛，难度系数挺大的！)只见陶雨看着他俩不禁惨淡地苦笑了一下。

将他俩安置好在一边，蓦然陶雨横眉冷对千夫指："你们这些绑匪真是狗胆包天啊！你们胆敢动伯母和校长一根毫毛的话，我一定会让你们死得很惨！"唉！这个老毛病又犯了，此刻他已是泥菩萨过江自身难保了，还敢大言不惭！

绑匪头头可不理会他这套，只见凶道："少听这小子罗嗦，我看他是吃了熊心豹子胆了！防止人质跑了,给我上!”

眼见这群绑匪就要动手了,为避免让潘洁与郑光凯再次受到伤害,陶雨决定尽量不跟他们正面冲突,而是尽量拖延着,以待时机。只见他周旋道:“喂、喂……慢着！有话好商量嘛,我现在郑重地告诉你们,陈氏集团和 SBC 卫视已经分别从新城大学和福宏大学撤资了,不信的话你们可以看看新闻啊。那你们也该按照承诺放人了吧!”

只听其中一个绑匪说道:“大哥,我们该怎么办,是否要放了他们?”

却听那绑匪头目怒斥道:“不行！老板还没来指示,万一这小子骗我们怎么办?！废话少说,跟我上!”说着,只见那个绑匪头头持刀向陶雨砍了过去……

忍耐已到极限了,若再跟他们周旋妥协小命则不保啦！只见陶雨迅即跳起避开那一刀,此刻他深感体力不支,认为只能智取不可力敌。两脚刚落地他便机智地喊道:“太好了,警察终于来啦!”

瞅准匪头目回头的瞬间,只见陶雨一个旋风脚踢掉了他手中的砍刀,紧跟着又一闪身接住了那把砍刀,弹指一瞬间已将刀架在他的脖子上。这招擒贼先擒王用得恰到好处,这样一来其他的绑匪就不敢轻举妄动了。

“不要乱来哦,否则你们老大的头将发生不愉快的事情！我说有完没完啊,盗亦有道嘛,瞧你们也太业余了吧！信不信我找帮专业的杀手,把你们全部都瞬间秒杀了！你们在道上混不就是为了钱嘛,好啊！那我现在有笔生意等着你们来做,指使你们的人出了多少钱?”

听那匪头目妥协道:“兄弟别冲动、别误会……他,他们共出了一百万!”噢? 看来幕后主使者还不止一人。

话音刚落,便听陶雨斩钉截铁地说道:“那好,我现在出双倍,去把指使你们的人全部都给我请来!”

“大哥,这、这不符合江湖道义啊!”一个绑匪劝道。

“你们不会拒绝这两百万的生意吧? 我可以先转账一百万给你做订金!”陶雨继续攻心。

凶神恶煞的匪头犹豫了片刻回道:“好,一言为定! 请把钱打到这个账号里。”

“可以,我去打个电话,给你们转账。”这时候陶雨慢慢松开了匪头,见不远处有个电话亭便小心翼翼地走了过去。

通过电话银行转账,陶雨给绑匪打了订金。并通知了父亲陶振声……

“大哥,钱已经到账了,看来这下子说话算数!”

“好! 明天上午九点集装箱码头见,我们走!”这群绑匪得了双份钱狂欢不已,顿时消失得无影踪。

事情终于摆平了,陶雨不禁如释重负地叹了口气。

经过这一劫难,潘洁那铁娘子的威风已被刷了一大半,她赶紧打电话向家人报个平安;郑光凯曾在军队里立过战功,这次却受奇耻大辱,真让他火冒三丈、惭愧不已,但却忧虑道:“小雨,绑匪会不会反悔,再折返回来啊? 我们还是抓紧时间离开这里吧。”

却见陶雨泰然自若道:“郑校长,您就放心好啦,他们已经走远了。再说了现在有一桩大买卖要做,他们忙得很,没空的！对了,伯母您的脚伤怎么样啊,还痛不痛?”不管怎样,总要对女友的妈倍加照顾。

此时的潘洁不禁轻声回道:“臭小……小雨,我不碍事的,这次多亏你了!”此时已化险为夷,平复了片刻后,她心中不禁牵挂起了女儿来,毕竟女儿爱他死去活来的,且又怀了他的孩子……

“放心好了,一会儿就有人来接我们了。对了,郑校长,您伤势如何啊,现在要不要紧呢?”陶雨不时安慰道。

“已经好多了,我还挺得住。小雨啊,你已经给了那绑匪一百万,明天难道还要再给他们一百万吗?”郑光凯握住他的手关切道。

“哈、哈……”却见陶雨爽朗地笑了起来,那炯炯有神的眼睛给出了答案:那一百万绝不是块肥肉,而是块诱饵!

“只要您和伯母能够平安无事,其他都不要紧的……”嘘寒问暖间,蓦然感到潘洁用一种慈祥关爱的眼神看着自己,不禁让他有种受宠若惊的感觉,“嗯……伯母,您,您口渴吗？我去给您摘几个果子来解渴吧。”说着见他乐呵地走开了。

见他那副模样,郑光凯笑道:“小雨这孩子挺懂事的,很会关心人啊。”

“嗯,的确……”潘洁点头坦然地回道。

这会儿郑光凯借机和潘洁话起了家常来,欲从中调解矛盾。“王太太,我们两校恶斗了这么些年,经过这件事,我看今后就化干戈为玉帛了吧。听说您女儿和小雨他是好朋友……小雨这孩子很难得啊!"

"嗯……"此刻潘洁的内心非常矛盾,不禁自责道:唉!可不能因自己的过去,而毁了女儿一生的幸福……她最终决定将女儿未出国的真相告诉给陶雨。

这时候,王少庭带着人开车到了……

不大一会功夫,就见陶雨欢天喜地地兜着几个野果子回来了,却见潘洁不在了,便急切道:"郑校长,伯母她人呢?是不是那群绑匪又……"

郑光凯漫不经心地回道:"唉,你怎么不早点回来啊,刚刚王少庭开车来已经把人给接走了。本来他们也要带我走的,但我怕你担心,所以留下来等你。"

看着摘来的果子,陶雨不禁遗憾道:"啊,这么快呀……"人家还想打听心上人王丽的消息呢……

不多时候,陶振声也带着人开车到了。

在车上陶雨谈笑风生道:"郑校长,您觉得那群绑匪怎么样啊?"

只见郑光凯愀然作色、痛定思痛道:"还在说你郑伯父的风凉话?难道还要我说爱他们不成吗?我恨死他们了!"

却见陶雨微笑道:"唉!郑校长,您别上火,我跟您有同感啊。这样吧,您的学生我帮你去出这口恶气!"

"小雨啊,你可千万不要再去冒险了啊,那帮黑社会可什么事都干得出来!这件事以后就交给警方来处理吧。"郑光凯揪心关切道。

只见陶雨坦然回道:"您放心,我自有妙计恭候那群绑匪……"

话说那群绑匪果然回去把幕后主使者给骗到了集装箱码头,同样将其五花大绑扔进了废旧的集装箱内……陶雨的计策得到了陶振声的认同和姨父的协助。

第二天,那群绑匪押着幕后指使人等了半天,也没盼到那另外的一百万,却被蜂拥而上的警察来个瓮中捉鳖、一网打尽!

幕后主谋竟然是花木的父亲花怡道,和恒宁大学的校长项柏。花怡道开的酒店近几年来严重亏损,并与 SBC 卫视产生了债务官司。致使他利欲熏心,跟恒宁大学的校长项柏沆瀣一气……

海晏河清,风恬浪静!

第九章

漫长的秋雨断断续续下了七天七夜，深夜里王丽突感全身骨头如千万只毒蚁吞噬般疼痛，蓦然昏迷了过去……王少庭和潘洁紧急将女儿送至恒宁医院。

恒宁医院的医务室里，林慧君医生与王少庭、潘洁夫妇详谈了许久。原来王丽患的是急性骨髓细胞白血病，根治这类型的白血病最好的方法就是骨髓移植，但目前医院还没有查找到可以与她配型的骨髓。

林慧君医生坦然地劝道："你们还是想开一点为好，你女儿的病情突然间恶化得很严重，若是没有可配型的骨髓，那基本上等于是绝症……还是尽快让她住院接受治疗,或许还可以多活一些日子。至于骨髓方面我们医院还会尽力去找的……”

话音未落,夫妇俩顿时犹如掉进冰窟里一样,潘洁的眼泪再也不能自已了。

刚要推开病房的门,潘洁赶紧将脸上的泪水给擦去,可不能让女儿看到泪眼中的端倪。

病房里,王丽孤独地躺在病床上输液,那苍白的脸上堆积了忧伤与寂寞……好想他,不禁回忆起了在夏进中学时的欢乐情景,觉得只要有他守在身边就什么也不怕。

见母亲进来后,王丽便急忙问道:“妈,你们怎么去了这么久嘛,我是怎么回事呀?”

只见潘洁勉强微笑道:“噢,没什么……嗯,丽丽,医生说你只是患了风湿性关节炎罢了,还有些贫血而已。”

对于突如其来的“病”,紧跟着就见王丽追问道:“风湿性关节炎、贫血！我怎么会贫血呢,那得要多久才能治疗呀,爸呢?”

见女儿这么着急,潘洁便安慰道:“很快就会好的！嗯……丽丽,听妈的话住院治疗好吗？爸爸正准备给你办理住院手续呢。”

这阵子王丽最怕寂寞了,她是一千个一万个不愿意呆在医院里,“不、不嘛！听说风湿性关节炎还有贫血都是很好医治的呀,哪里还要住院啊,我才不要住院呢！妈,你怎么哭了?”唉！可怜天下父母心,这会你可任性错了。

“没什么，虫子飞眼里了。”……

祸兮福所倚，福兮祸所伏。

自上次绑架案过后，潘洁总算对陶雨有了改观，慢慢不再反对女儿跟他在一起。

一个冠军加上以一敌众而救俩，再来个一网打尽的大英雄，陶雨！此时此刻正如日中天人气极旺，在校园内广受好评。一路上签名应接不暇，他好不容易挤到教室里关上门。

只听教室里掌声一片……

陈伊琳跑到表哥面前情不自禁地叫了一声：“哇啊！”

见表妹围绕着他团团转，像动物园里逗猴似的。便恼羞道：“哇！哇什么嘛？像哈巴狗似的。少卖萌耍二啊！”

此刻的陈伊琳对其是赞不绝口、喋喋不休地吹嘘着：“士别三日，本小姐当用上高倍的显微镜看我表哥啦……”唉，这丫头拍马屁的功夫也日渐猛增！

只见陶雨也风趣地回道：“那也少不了伊琳妹妹的可乐啊！”

听取教室里笑声一片，欢呼、欢呼……

中午时分，陶雨前去看望因绑架受了伤的郑光凯校长。当他刚走出大厅，便看到了一个熟悉的身影，张佳丽老师那袅袅婷婷的身影飘了过来。

“啊！张老师，您好！”说句实话，陶雨挺怕见到张佳丽的，回想起在夏进中学时给她闯了那么多的祸，良心真是过意不去。

见了陶雨，张佳丽不禁也吃了一惊，“陶雨？”这会儿真担心这个淘气精会在她任教的班级里，但又见张佳丽关怀道：“陶雨，你的眼睛好了吗？”唉，多此一问！若眼睛未好，哪能看见您那窈窕身姿？

“唉！早好啦。”

“哦，好了就好，以后可不要……”此时又见张佳丽喋喋不休了起来。

心想“师父”今儿该不会再唠叨个不停吧，陶雨心里直打颤。这时候他隐约听到楼上阵阵喧嚣声……

“我刚来新城大学任教，陶雨，你是哪个系的啊？”

看来希望要落空了，陶雨毕恭毕敬地回道：“我在生物系嗳。”

“啊！”张佳丽不禁感叹道，陶雨怎么又在她的班级中！

话音未落，紧跟着张佳丽又喊道：“啊——！”

一女生从教学楼上的窗口摔了出来，正砸向陶雨……他浑然不知大祸临头，正纳闷着为何张佳丽今天总是一惊一乍的，像神经过敏似的。

弹指瞬间，就见那女生一头栽了下来……陶雨的面部首当其冲地被个她甩了一巴掌。这巴掌打得他刻骨铭心、终身难忘。疼啊！疼？还在后面呢。紧跟着后脑勺被她的额头撞击了一下，撞得他头昏眼花，顿时头破血流……终究她是从六楼摔下来的，巨大的冲击力将陶雨掀倒在地。庆幸的是，那个女生最终着陆在他的背上……

惊魂一幕在那位柔弱的张佳丽面前直播了，吓得她瘫倒在地……救护车来了！要不要连她一起送去急救？

在新城区的嘉佑医院经过三小时的急救，总算让陶雨和那个女学生脱离了危险，但因伤势较重两人仍处于昏迷中……

急诊室外可急坏了两家人，见陶振声、陈蔚静与那坠楼女孩的家人正焦急地等待。

深夜里，陈氏集团董事长陈宗杰得知陶雨的情况后，便火速赶往了嘉佑医院。在 ICU 病房里见他身上缠绕着厚厚的绷带，吸着氧仍旧昏迷不醒，陈宗杰不禁对着陈蔚静和陶振声一顿训斥道："蔚静、振声！你们说怎么向我个交代？……小雨他在学校那又怎样，为何不派人二十四小时贴身保护呢！你们做爸妈的也太粗心大意了，要知道小雨可是我们陈家唯一的香火！你们啊……"

"唉！爸——您说完没有啊，我和振声已经够烦的了，您就别再添乱了！爸，您还是回家歇息着吧，这儿有我跟振声就够了。"

"回家？我的宝贝孙子还昏迷着呢，你叫我怎能放心回家！"

最后，陈宗杰还是拗不过女儿被送回家去。

次日的下午，暴雨滂沱。王丽从电视新闻上得知她那梦寐萦怀的情郎，被一女学生从高层上摔下砸成重伤……蓦然间，叫她牵肠挂肚、魂牵梦萦……急着要去医院看望陶雨。但正值阴雨天，她的骨头如被针刺般疼痛。其实此时王丽也病的不轻，故母亲潘洁怎么也要留她在家里……

第三天的清晨，小雨淅淅。那个坠楼的女孩醒了。

这个女孩名叫夏小雪，新城大学生物医药系的学生。虽然天生活泼可爱，但常嚣张跋扈，跟陈伊琳是一个级别的人物。

夏中荣夫妇见女儿醒后便关切道："小雪——我的宝贝女儿你可醒啦！哎哟……你可差点儿把妈给吓死喽……"

出人意料的是，那个夏小雪似乎没有一点伤员的样子，相反倒是轻松地伸个懒腰打个哈气，懒洋洋地回道："爸、妈，我做了个好长的梦哦，那群疯狗一直在追我……累死我啦！"噢？敢情你在做梦啊，大家都以为你是重伤昏迷不醒呢，咋不早一点醒？害得一群人为你担心个半死！

见女儿这副怪状，以为脑袋被摔糊涂了，夏中荣不禁疑惑道："小雪啊，告诉爸爸你哪儿痛啊？"

只见夏小雪喃喃自语："手痛！嗯……还有头也痛呢。"她疼痛的原因皆可在陶雨的身上找到。

紧跟着夏夫人追问道："还有呢？"

听完夏小雪的这番回答，真让人舌挢不下、目瞪口呆，"没有啦！妈，我现在好得很呢，你们慢慢聊吧，我要去打网球……"嗨？说着就见她要下床了。有没有搞错啊，你是铜皮铁骨做的吧？怪不得陶雨还没醒呢，谁能经得起你夏大小姐一身铁疙瘩的袭击呀！

听得夏夫人哭笑不得，"哎呦，我的宝贝闺女啊，妈可经不起你再折腾喽！快躺下、躺下……"

在一旁的陈蔚静见夏家女儿已平安无事，而此时自己的宝贝儿子却依然是昏迷不醒，不禁再次让她夺眶而出、潸然泪下……看着儿子头上与肩膀上都是缠绕着厚厚的绷带，伤势可要比夏小雪重多了，这也难怪陶雨仍在昏迷之中。

霎霎烟雨霏微，蓦然化作丝丝和煦柔风。雨余时，转晴空万里。时针正指十时，陶雨终于微微睁开了紧闭三天三夜的眼睛。

“小雨——你终于醒了！妈都快被你给吓死了……醒了就好、醒了就好！”只听陈蔚静泣不成声着。

闻声后，陶振声赶紧来到病床跟前，“小雨你可醒了！……呵！你这臭小子怎么到现在才醒啊？竟然落后给女孩家……”

见丈夫在一旁大声念叨着，守在病床边的陈蔚静不禁怨声载道：“你嚷什么，小雨刚醒来，他被伤得还不够吗?!”

这会儿见那夏夫人也挤了过来，“啊！你们家的小雨也终于醒啦！谢天谢地都没事了……小雨啊，真不知该说些是好，这次多亏有你，要不然我女儿小雪她就、就……”在一旁的陈蔚静起身扶着夏夫人安慰道：“唉，你就别再哭了，现在两个孩子不都苏醒了嘛，医生说只要能醒过来那就没事了。”

苍白的脸庞上勉强挂着一丝笑容：“真不好意思啊，让大家担心了……嗯，她现在怎么样啊?”

“她呀，这个没心没肺的主！瞧比你还先醒呢。”夏夫人慈祥地望着女儿回道。

见到大家都累得百般憔悴，陶雨他便劝道：“既然我俩都没事了，那妈您跟大家都回去休息吧。”

“唉！妈不累……”

过了一会儿，陶振声挽着陈蔚静劝道：“蔚静，大家都已经好几夜没合眼了，还是都回去休息吧。这里交给医生护士就行了。”

两夫妇相互挽着走后，病房里就只剩下陶雨和夏小雪。

夏小雪见了心中的偶像就在身边，不禁让她狂欢不已，开心地笑了起来……

“你笑什么呀？”陶雨见她那副幸灾乐祸的样子，他不禁皱眉懊恼道。

“喂，这次真不好意思啊，谢谢你呀——”此时此刻，夏小雪的声音开始发嗲啦！

唉，人都已经救了，陶雨只好勉为其难道：“不客气！萧雪，你姓萧啊，很嚣张是吧？”

只见夏小雪睁大眼睛天真活泼地笑道：“不！我姓夏，我叫夏小雪！喂，陶雨，你干脆把名子改叫夏大雨得了！哈……那我们就是天生一对啦！”

不料一盆冷水泼了过去，陶雨黑着脸咆哮道：“夏小雪！本座问你，为何无端要跳楼来谋我财害我命……堂下小女子速速从实招来，本府方可免你一死！”真是岂有此理，竟敢使如来神掌偷袭，得好好审问你这个嚣张跋扈的小女子！

却见夏小雪鼓着嘴巴喊冤道：“不是啦！其实我好崇拜你哦……那天见你在楼下，我们教室里的很多同学就都挤到窗口。而我呢，架子不大力气又小，那只好踩着人头上向下看你了，结果你也知道啦。哇啊！

好在我福大命大没死嗳！嘻、哈……”

见她那副嚣张跋扈、幸灾乐祸的样子，不禁让他回想起福宏大学那群温柔娴淑的女生，为何新城大学的女生都这么疯狂！“唉！你倒好没受什么伤，很快就可以出院了。而瞧我这样子，可得要呆在医院一年半载喽！”

“没关系的！因为我会在这儿陪着你呢。”夏小雪自作多情了起来。

果然不出所料，他心中怨声载道：你又不是王丽，干嘛要你来陪我啊？我还是尽早摆脱这个疯丫头为妙！只见他不近乎人情地下了道逐客令：“对了，夏小雪你既然已经脱离危险了，我和你同住一个病房不好吧？孤男寡女的会传出绯闻来！你还是搬家吧，到别的病房住好了……”

可惜这道逐客令的马力不够大被夏小雪踢了回去，话音未落，便见她忿怒道：“哼！我夏小雪最讨厌那些风言风语的人啦！”哼！想让我走，没那么容易，本姑娘赖定你了！

“哇，你这么大声干嘛啊？”

正巧这时候进来一位护士，他见机会来了，便指着夏小雪说道：“护士姐姐，她已经脱离生命危险……”但话音未落，却见夏小雪喊叫道：“哦——我头好痛！我晕过去啦……”说时只见她迅速滑进被子里躲了起来，想要耍赖呢，这简直就是陈伊琳的加强版！

见状后，陶雨和那护士都笑了起来，“冠军，应该吃药喽。”从护士手中接过药丸，他服下后回道：“谢谢！嗯……护士姐姐，我不想和她同住一个病房。”

“这里还是 ICU 重症加强护理病房，虽然你们都脱离生命危险了，但还要留在这里观察治疗几天。至于你们住不住同一个病房，以后再说吧。”说完只见护士将他的被子整理好后便离开了。

耳目一新，清静片刻……

突然间，想起夏小雪此时此刻还躲藏在被子里，“喂！出来吧，别装模作样啦！”

却未见有所反应……

正担心她是不是闷在被子里又晕过去了，突然间夏小雪从被子里头钻了出来，叫嚣道：“知不知道，刚刚你所说的话是多么伤害女孩子的心！我有那么讨厌吗，非得把我赶走？”

“不是啊，那随你好了。干嘛这么大声啊？一惊一乍的，哎呦！我的心脏啊……”这会儿他勉强地坐了起来，倚靠在墙壁上，冷睨她一眼无奈叹道。

却见夏小雪不依不饶道：“不是，是什么嘛！人家都已经暗恋你很久了，我、我第一眼见到你就好喜欢你。刚进大学时，我在菡萏池边散步就被你那忧郁的眼神给迷倒了……”顿时她那嚣张跋扈的架子，消失无影踪化作绕指柔，“哼！你看什么嘛，还盯着人家看！”夏小雪这会也不禁害羞了起来，低着头臊红了脸……唉！我们的夏大小姐也肯害羞啦，又见她躲进了被子里面。

落花有意随流水，流水无心恋落花。陶雨的心中默默念道：唉，对不起！这一生我只会对王丽一个人动心，永远只会爱她一个人。

太阳冲破了重重万里云，光辉灿烂人间的每一个角落。明媚的阳光格外醒目，从窗户照进了她的房间里，她睁开了那双真挚迷人的眼睛，弥望着窗外晨曦的缭绕。

感觉身体好多了，她便打算去新城区的嘉佑医院看望陶雨。忐忑不安地走下楼去，不巧还是碰上了母亲潘洁，“丽丽，今天感觉怎么样啊，药吃了吗?”

“妈，我感觉已经好多了，一点儿都不痛了……妈，陶雨他、他受伤了……”王丽至今尚不知母亲对陶雨已经有了彻底的改变，故她对此还是顾虑重重，“陶雨被从楼上摔下来的人给砸伤了，也不知道他现在怎么样，他伤得一定很重！我好担心、好牵挂他！我、我好想去医院看看他……”

潘洁又怎么会不了解女儿的心事呢，安慰道：“其实妈早就知道他的事情了，一直没敢告诉你，就怕你会担心胡思乱想。丽丽，其实陶雨他人也挺不错的，是个很踏实、负责任的男孩子。”

“妈！你不生陶雨的气啦?”对于王丽这可是个意外的收获，本以为母亲又要为之怒斥一番，不想竟然会夸耀他。此刻，王丽不禁欢天喜地地搂着母亲，开心地汨流满面……

潘洁搂着女儿在怀里，蔼然笑道：“唉，妈不再生他的气了，以后也不反对你跟他在一起。丽丽，可现在你的身体不太好，要当心啊，听妈的话来把药给吃了,好好地睡一觉后你再去看望陶雨好不好?”

只见,王丽拼命点头道:“嗯!”那张云愁雾惨许久的脸庞倏尔远逝……

有场好戏即将上演:陈伊琳 PK 夏小雪!

陈伊琳听说表哥醒了,她便带了一大包美食来嘉佑医院看望他。

话说那夏小雪又跟陶雨大吵了一架,然后依旧躲进被子里。正巧,这时候陈伊琳走了进来坐到夏小雪的病床上。只见她一见到表哥就东扯西问的……“唉!表哥,你真够倒霉的!英雄一时却偏偏让个破东西给砸得一败涂地……”

正当陈伊琳撅着嘴巴打抱不平时,蓦然间见夏小雪从被子里跳了出来,大声吼道:“你说什么嘛!破东西?”

夏小雪的这声吼叫,可把陈伊琳给吓了一大跳,“啊——我的妈嗳……哎哟,吓死我啦!”只见陈伊琳拍着胸口惊呼了起来,久久难以平复。见身后突然间闪出个人来,这不禁让她大发雷霆:“喂!你是谁啊,怎么会在这里?”

一波未平一波又起,只见夏小雪两手掐腰冲着陈伊琳凶道:“我叫夏小雪,不叫什么破东西!”

“噢……原来你就是那个跳楼的,怎么没摔死啊!想自杀呢也要选对地方,却偏偏又砸到了无辜的人。你真三八嗳,死还要人陪葬啊!哼——”陈伊琳心里不禁怒道:哎呀!还从来没有人敢跟我陈伊琳大呼小叫的。

夏小雪也不甘示弱，再度凶道："你说我什么？我夏小雪从来还没受过如此侮辱！瞧你这副狐狸精的模样，就知道你整天勾三搭四的！"

却见陈伊琳眯着眼睛，冷嘲热讽道："呵……我狐狸精？看你那德行还黄鼠狼呢！"

……

两个旗鼓相当的泼妇，嬉笑怒骂、唇枪舌剑激烈地交战着，大战三百六十回合后仍胜负未分……为了自己不被卷入战火，陶雨决定躲为上策，便学着夏小雪那样滑进了被子里。唉！为何福宏大学盛产淑女，而新城大学尽产泼妇了！一方水土养一方人，以后还是转学吧。

见那陈伊琳继续炮轰道："赖在这儿想勾引我表哥，你就别痴心妄想了！"

"哼！我喜欢他又怎么样啊？我们是真心相爱的！"夏小雪反攻道。

"你承认啦？"只见陈伊琳转身喊道："陶雨，你给我出来！"

此刻，陶雨躲藏在被子里却是纹丝不动，心中不禁紧张了起来：糟糕、糟糕！躺着也中枪了，战火已经烧到屁股啦！

一气之下，陈伊琳把他的被子给掀了。

无奈，陶雨见自己最终还是被卷进了战火，只好斡旋道："陈伊琳，你不要迁怒于人，胡闹乱来好不好？可能是你误会了……"

话音未落，只听陈伊琳反驳道："我误会了？还以为你是个痴情种呢，原来你也始乱终弃啊！还金屋藏娇呢？我呸……"

“喂！我爱喜欢谁就喜欢谁，这是本小姐的自由，关你什么事啊？”眼见夏小雪就要败下阵来，她就快哭鼻子了，胜负已见分晓……

面对陈伊琳的冷嘲热讽，一怒之下伤口不禁隐隐作痛，陶雨无奈劝道：“哎哟……伊琳妹妹，拜托你先回去好不好？这里是医院的重症病房，我和她都受了重伤需要静养休息。”不要激动，你怎么会不专一呢，别听你表妹胡说八道，气大伤身啊。

这会儿陈伊琳方知自己过火了，不禁收敛了些。只见她将被子给陶雨盖好，随后又转身吼道：“哼！黄鼠狼你听着，本小姐今天吵够了，我明天再来！”说完，“嘭”的一声关门走人了。

“狐狸精——”夏小雪歇斯底里地喊出了最后一声，便咽咽哭泣了起来……

时光伴随着哭泣声度过了下午，他拿起表妹带来的美食享受了起来。夏小雪依然故我哭得死去活来，闻其余音绕梁，犹如风琴声一样悠长……“喂！你还哭啊，累不累啊，歇会儿再哭吧，这让别人看见还以为是我欺负你呢。”唉！老毛病又犯了，现在他是遍体鳞伤还敢大言不惭。这会他却来了兴趣，边吃着薯片边欣赏着由泼妇变怨妇的演出，瞧她哭泣着跪在床上不时地颤抖着肩膀，终于让他忍俊不禁笑出声来：“呵、哈……”

“哼，你还笑！刚刚她欺负我的时候，你也不帮我。”夏小雪见他在取笑自己，不禁恼羞成怒。

“帮你？哇……那陈伊琳她非得吃了我不可！”说时，他见夏小雪噘着小嘴巴委屈声声,便拿了袋话梅抛给她,“喂,消消气吧! 哭一下午你也累了吧,这是她带来的零食,尝尝吧,算是替她赔礼道歉啦!”

“哼! 我才不吃那狐狸精带来的东西!”却见夏大小姐并不领情,又将话梅扔了回来,正巧砸在陶雨的脸上。

“喂,我说女孩子家要温柔一点才是嘛! 唉,你不吃就算了,我吃! 别老是狐狸精、狐狸精的! 建议你们都去福宏大学进修一下……”

却见夏小雪忿怒回道:“呵,她还叫我黄鼠狼呢! 明天她还要来,到时候你到底帮谁啊?”说时,只见她步步逼近怒斥道:“快点回答我!”

“嗯……这个啊……这个话梅很好吃嗳。”这个问题可让他左右为难,这种选边站无异于玩火自焚,只好跟她打起马虎眼,胡扯一通。

不料,他的胡扯却激起了夏大小姐的愤怒。只见她抢走了他的被子,怒目四射……“喂,你要干嘛? 啊! 哇——”

话梅撒落四下……

听她嚣张跋扈道:“吃! 叫你吃!”

这会儿他的伤处不禁再度隐隐作痛,艴然作色道:“夏小雪! 你很讨厌嗳,我没被你跳楼砸死,非得在这里被你整死不可! 不吃拉倒……傍晚天要变凉了,你赶快把被子还我,免得着凉感冒。”

夏小雪却是歪着脑袋,得意忘形道:“想要被子啊? 那简单,只要你答应明天帮我对付陈伊琳。”唉! 那他宁愿不要啦!

回想起自己的英雄事迹,现在却被个疯丫头气得半死,不禁感慨万千。

唉！虎落平阳被犬欺……还是尽快调病房吧，远离这个是非之地。

“哼！夏小雪，我不认识你！”

以这种反抗方式是没用的，“不认识呀？我叫夏小雪，请多多关照，哼！”

正当得意之时，夏夫人拎着饭盒走了进来，只见夏小雪赶紧抱着被子钻了回去。

病房里一片零乱，夏夫人不禁惊讶道：“哎呀！发生了什么事？嗯，小雨你的被子呢？”

“被你女儿抢走了。”陶雨爽快回道。

回头望着假睡的女儿，夏夫人显得哭笑不得，不禁摇摇头说道：“唉，这丫头真是淘气……”说时她拿回了被子给陶雨盖好。

“阿姨，小雪她什么时候可以出院？”陶雨可被她折腾得够呛。

夏夫人整理起了病房，再次感谢道：“这次我们家小雪她多亏有了你，才没有受到多大伤，瞧她现在活蹦乱跳的样子。听医生说明天再给她做个全身的CT检查，倘若没什么大碍，后天就可以出院了。”

似乎看到一丝曙光了，他不禁暗自庆幸道：哼！鬼丫头，早走早好！

见母亲跟冤家陶雨在议论纷纷，夏小雪便睁开一只眼瞅着陶雨……心中暗自叫嚣着：哼！想我走啊，可没那么容易，本小姐还偏不走呢！

这时候盛了两碗粥放在桌子上，见夏夫人转身对女儿说道：“小雪啊，待会儿把这碗粥给喝了哦。”随后又端起一碗粥来到陶雨的身旁，和蔼地说道:“小雨,来喝点粥吧,阿姨来喂你……”

见陶雨赶紧谢道:“阿姨,不用啦,我自己来就可以了。嗯……阿姨啊,麻烦您抽空转告我妈,让我表妹陈伊琳以后不要再来了。”一个夏小雪就够受的了,再加上一个陈伊琳,两面夹击,火力太猛！呜……

夏夫人疑惑道:“哦,你表妹她今天来过了?”

“嗯,而且还跟小雪她大吵了一架呢。”

“小雪,你是不是又去招惹人家了,下次可不要再这样了哦……”夏夫人将女儿的被子整理了一下便离开了病房。

因伤行动不便,陶雨艰难地喝着粥。

无意之中发现猫在一边的夏小雪在瞪着自己,他心里不禁怒道:哼！死丫头还敢给我扮鬼脸,枉费我刚刚帮你说情了！见他随手夹起一颗话梅核,只听“噼!”的一声,正中她的鼻尖上。

料想这个嚣张跋扈的夏小雪定要大发雷霆了……出乎意料的是,却见她将头缩进了被子里。干嘛？以退为进啊……却听她在被窝里呜呜咽咽哭了起来,这倒使得他万分愧疚,只好甜言蜜语哄道:“可爱的小雪妹妹……小雪姐姐,对不起呀!”

倏忽,夏小雪捂着鼻子坐起来嚷道:“哼！你老是欺负人家啦!”话音未落,见她气势汹汹地杀了过去……踢了一脚后又转身钻回了被子里。

“哇,来也匆匆去也匆匆,满有个性的嘛!”见她真的生气了,陶雨便装腔作势叫了起来:“啊——痛死我啦!”

不想这招还真灵,只见夏小雪一下子冲到了他的病床前关切道:

“喂！你怎么啦？不要吓唬我啊……”

这会儿只见他笑眯眯地回道：“没什么啦……喂，你可不可以对我温柔一点啊，女孩子家动手动脚的很伤大雅哦。”

夏小雪这下可明白了，他不喜欢野蛮女友，要想接近他还得温柔，“噢……知道啦。”顿时她变得乖趣了许多，脸上难得露出一丝羞涩，娇滴滴地说道：“刚刚对不起啦！陶雨，我教你用手指跳舞好不好呀？”

对于她的突然转变，他顿感到全身肉麻……“手指舞，很好玩吗？对了，你的声音还是自然一点好听……”

“嗯？讨厌啦！看着，先把食指中指竖直立好……”

一辆白色甲壳虫驶进了嘉佑医院，王丽终于可以来看望她那魂牵梦萦的人了。此时此刻，她那颗脆弱的心已被喜悦、思念、忧伤、痛苦……给团团包围了。她是多么期望能够早一秒见到他，但又不忍看到他那受伤的模样，甚至遇见让她难堪的场景……

带着忐忑的心情，终于来到了陶雨的病房门前，王丽刚要推开门却又犹豫起来——透过门窗看到一个陌生女孩陪在他的身边。勾肩搭背、卿卿我我，聊得很开心……既见君子，云胡不喜。王丽再也不忍直视了，转身倚在门上，蓦然间觉得自己成了多余的局外人，那份期盼已久的喜悦渐渐被泪水给淹没。

初冬的夜色显得清清冷冷、沉默寡言，有悔恨、无情风……

次日，夏夫人陪着女儿去做CT检查。陶雨服完药后独自看着医学杂志……昨天仿佛在瞬间见到了王丽的身影，那她怎么不跟我相认呢，难道发生了什么事，她有危险？唉！别瞎猜啦，她人还在美国读书怎么会有危险呢……正当他为昨日门外的身影疑惑时，突然听见外面喊道："黄鼠狼，我来啦！"

原来是陈伊琳卷土重来，气势汹汹地杀了进来！幸好夏小雪不在，不然又得闹得鸡飞狗跳、人仰马翻。

随后又见林利南和张寅寅走了进来，呵！陈伊琳今儿还带着帮手啊。

"黄鼠狼，你给我出来！"陈伊琳寻不见夏小雪便大声喧嚷道。

"别找啦，人不在，她一早去做检查了。啊……林利南、寅寅，早上好！请坐、请坐！"陶雨放下手中的杂志，接过了张寅寅手捧的花。

"她害怕本小姐啦！"在一旁的陈伊琳不禁沾沾自喜道。

陶雨无奈叹息道："唉……陈伊琳啊，要我怎么说你呢。昨天你也该留点情面给她，你走后她还大哭了一场呢。"

闻之则喜，这下陈伊琳可忘乎所以了，"真的？哈……"

见陶雨身上缠绕着厚厚的绷带，张寅寅恻隐道："这次的事情真是吓死我们了。如果王丽知道了，你猜她会怎么样啊？"

话音未落，只见陶雨急切道："王丽！寅寅，你可有她消息？"

可惜却见张寅寅摇摇头回道："没有啊，我也只是说说而已。"

苍天总无情，两情人咫尺之遥，却又仿佛天涯海角。多次错过了与她重逢的机会,他不禁感慨万千道:“王丽跟我相隔着太平洋,她又怎么会知道呢? 王丽你在哪儿,我好想你……”

“医生,我想早点出院或者在家里疗养。”陶雨对着主治医生说道。

“作为医生角度来讲,其实你的伤已无大碍,在家里疗养效果或许会更好。目前你有伤在身,不宜进行过多照射检查。”

“那我现在是不是就可以出院了?”

“是的,但你要答应我,出院后要静心疗养,过一阵子我会通知你来复查。好了,我去为你办理出院手续。”

医生走后陶雨继续看着杂志……突然间,他被一则醒目的标题给吸引住了——关注人类白血病。白血病是一种造血干细胞异常的克隆性恶性疾病,俗称血癌。其克隆中的白血病细胞失去进一步分化成熟的能力,停滞在细胞发育的某个阶段。在骨髓和其他造血组织中,白血病细胞大量增生积聚并浸润其他器官和组织,同时使正常造血受抑制。据统计,白血病约占肿瘤总发病率的3%左右,是儿童和青年中最常见的一种恶性肿瘤。其发病率在世界上数欧洲和北美洲最高,其死亡率为3.2—7.4每10万人口;亚洲和南美洲发病率较低,死亡率为2.8—4.5每10万人口。骨髓移植手术是目前根治白血病的最佳方法。但人类骨髓可配型的概率仅有十万分之一,然而各国现有的骨髓库远不足白血病患者的配型要求,特此呼吁人们在骨髓库建立档案。

突然间听到:“我回来喽!”夏小雪一脚揣开门跳了进来。唉！在她的字典里找不到淑女二字。

“哇！干嘛这么开心啊,又不是回家。”

只见她横在椅子上翘着腿,埋怨道:“刚刚真是吓死啦,我再也不去做什么检查了!”

“怎么去检查这么久啊,阿姨呢?”

“唉！你还不知道啊,今天嘉佑医院的大厅里正在搞什么无偿献血、捐赠骨髓建档活动呢。我妈见后就去了,我可不敢啊！所以就先溜回来找你了。”

正当她津津乐道时,却听到:“找我干嘛,待会我就要出院回家了。”这会可让她白费心机了。

倏忽见她愀然作色,惊诧道:“什么？待会你就要出院回家了!”

“是啊！干嘛,你紧张什么?”见她一惊一乍的,他不禁疑问道。

沉静片刻后,夏小雪转身拿起一枕头气呼呼地扔向了陶雨。挨了一下后心中不禁怒道:我又怎么得罪这个鬼丫头了？无奈谴责道:“喂！你又发什么神经啊?”

只见她叉起双腿,指着他怒道:“陶雨！你这个大坏蛋,大大坏蛋!你知道吗,刚才检查后医生说我可以出院了,可我担心你一个人在这儿会孤单寂寞……”

“哇！你担心我会寂寞？我还担心在这儿会被你气死呢!”却见他暗道:你还是走吧,我宁愿孤单寂寞!

“你还说！跟我妈和医生说我头痛、腰痛、骨头痛，还需要在医院里再治疗一阵子。你可知道费了我多少口舌才说服他们，可你这会却要出院？那我一个人非得闷死在这儿不可嘛！”说时，见她着急地泪流满面。

“但我已经决定出院了，不好意思。”说着陶雨便离开了病房。

夏小雪擦着眼泪赶紧追了出去，哭着喊道：“你要去哪？”

“去完成我的一个心愿。”

“心愿？喂！等等我啊……”

当陶雨和夏小雪来到骨髓样本采集处时，她不禁憬悟道：“啊！这就是你的心愿呀？不可以的，如果以后跟病人配上型了，那你就死定啦！”

“胡说！我一向福大命大，你从六楼跳下来也没能把我给砸死啊。佛家有云：救人一命胜造七级浮屠。我有预感还要再救一命啊！小雪，难道你就没有这份爱心吗？”

只见她一脸难堪、吞吞吐吐地回道：“可是、可是……我可没有宗教信仰呀！喂，你别拉我，我晕针啊……”

“别老可是、可是的，没那么严重吧！快点啊，婆婆、大婶……”见她畏首畏尾的样子，他便拖着她过去。

很快陶雨就做完他骨髓档案的采集，随后轮到夏小雪了。见她那万般不情愿的苦瓜脸，他耐心鼓励道：“小雪妹妹，勇敢一些嘛……唉，这位大婶，快点啦！人家医生都快等不及了……”

最终她紧闭双眼趴在他的怀里……

回到病房后，只见她那红红的眼睛委屈道：“疼死我啦！要不是为了你人家才不呢，你得去说服我妈让我出院啊！”

“你不是还要在这儿治疗一阵子的嘛？”真够损的！

“治你个头啊——”晕！

当日下午，陶雨便出院回到了家中疗养……

自那以后他常常一个人来到横无际涯的太平洋边，静默傻坐在岩石上，望眼欲穿那波澜壮阔的大海，海风呼啸着刮起了他对王丽的思念。

好想感受昔日有她时的快乐，海风的馥郁沉淀在心中，不想涨潮时将他的思楚让海风卷走，伴着海浪随波逐流飘向太平洋的尽头……

很久了，她现在好吗，快乐吗？

深深感到没有她是多么的寂寞、痛苦，他压抑许久的情绪犹如那汹涌澎湃的巨浪，一波高于一波……

第十章

因多次昏迷被迫住进了恒宁医院，王丽的白血病已经严重了。这下她终于明白了——自己患的是那可怕的血癌，而不是风湿性关节炎、贫血……她怎么也不相信这是真的，一个刚满十九岁的女孩人生才算刚刚开始。心愿将来要做个好妻子、好妈妈，可那凶神恶煞的病魔却就要将她的生命给掳走，苍天太无情、太残忍了……

在林慧君医生的办公室里，潘洁自从知道女儿得了血癌后，她的眼睛就再没干过。作为母亲是多么的痛心疾首，然而今天她依旧是苦苦哀求道："林医生，求求您再想想办法救救我女儿，她可我唯一的孩子，我不能失去丽丽啊……"昔日铁娘子的风采早因女儿的病而消磨殆尽。

过了许久，林慧君医生长吁短叹道："王太太，我们自然会尽最大努力救治您女儿，但事实摆在眼前，她病情已经进入了晚期，目前也只有靠骨髓移植才有可能医治好她的病。然而，至今在中华骨髓库中尚未查找到可以与您女儿配型的骨髓，但愿日后会有奇迹出现。否则，王太太您要作最坏的打算……你女儿她又有身孕，这对她的治疗很不利，因为要禁用很多种药物和尽量避免放化疗……"

心头上仅存的那点微热再次冷冰了许多……蓦然间，潘洁紧张地询问道："林医生，要不把这个胎儿打掉？"

只见林慧君摇摇头回道："不行！之前我们也考虑过，如果没有这胎儿她的确可以活得更久一些，但是流产后她本来就很虚弱的身体恐怕就会撑不住了。"

"林医生，那我女儿她还有多少时间？"

"这个比较难说，从最近的一次检查来看，病情恶化得很快。这阵子她的情绪又很差，您得多安慰她啊，不然的话会恶化得更快。而且她现在随时都有流产的危险……嗯，调理得好也只剩一个月左右的时间吧。"

深蓝色的天空容不下一丝云彩，苍白的阳光让人间一切的一切失去了生机与活力，只因人世间总会存在太多的遗憾，古往今来不绝于此。那幸福甜美的爱情随着心灵的震颤而渐渐支离破碎，王丽将带着深沉的遗憾和未了的梦离开人间……

的确，她已经被病魔折腾得快活不下去了。自从知晓自己得此绝症之后，她就变得性情乖戾。整日如失魂落魄，这一刻最心爱的人却不在身边，更让她那已无比脆弱的心失去了最后的依靠而更加心力交瘁。

伤心之余，再度昏迷了过去。又一次让死神招去灵魂……她在人间还有一段未了的情缘，死神又怎么忍心将她带走呢？……在她的苦苦哀求下最终感动了死神，灵魂从天堂被放归人间……

傍晚时分，潘洁见昏迷中的女儿终于醒了过来……悄悄地背着女儿擦干了泪眼。过了片刻，从保温壶里盛了碗粥端到女儿的跟前，和蔼地劝慰道："丽丽，今天妈特地为你熬了粥，来多吃点。"

一口粥刚咽下去，她却想起了那个噩梦来，"妈，我梦见你要把我肚子里的孩子打掉是不是？"说时，王丽苍白憔悴的脸上不禁露出了百般恐惧和怜悯哀求。

话音未落潘洁不禁愣住了，倏忽见她赶忙蔼然回道："唉，别胡说了，妈哪有啊。"

"妈啊，我真的好爱陶雨和我们的孩子……可是现在再想又有什么用呢，一切都晚了太迟了……"王丽有诉不尽的情愫和遗憾。潘洁再一次热泪盈眶，却忍住不哭，依然强颜欢笑道："这……这妈都知道啊……别哭了，丽丽，来再多吃一些，这可是你最爱吃的银耳莲子粥，乖……"

"不吃啦！吃了也没用，反正早晚都得死！"

女儿的性格变得越来越乖戾，近些天来总会无缘无故的发脾气。潘洁再也忍不住泪流满面，只见她捂住嘴跑出了病房，在外面痛哭了起来。

此时的王少庭也只能痛心疾首、沉默不语……凡是遇上这样的不幸，作为父母的无不椎心泣血：丽丽，你要理解我和妈妈，我们都是非常爱你的，只要有可能我们愿意替你去……

虽然对世间有太多的不舍，但一个又一个昼与夜还是那么快就溜了……

这天王丽再次接受了放射治疗，她软绵绵地躺在病床上，聆听窗外那鸟儿的欢唱……能多活一分一秒也是种奢侈，但是她柔弱的身体再也经不起病魔的摧残。死神一次又一次的在她耳边呼唤着……终于她经受不住这种等死的恐怖滋味，不禁起了自杀的念头。可当她将锋利的水果刀对准手腕的那一刻，泪水却模糊了眼睛，真的舍不得下手，舍不得离开……

半个月后，果见王丽的病情加剧了被转进无菌室里。巨大蓝色的氧气罐随时待命在她的身旁，鲜红的血液与抗癌药水缓缓流进她那虚弱的心脏……深感自己快不行了，耳边再次响起那恐怖万分的死神呼唤……“啊——”每当此时，她就会抱头痛苦地哭喊着。

临死之前那段未了的情缘总该了了，只剩下唯一的心愿——再见他一面，道声别。

“妈，请把我的化妆盒递进来。我知道陶雨他会来见我最后一面的，可我现在这么憔悴的模样又怎么可以见他呢？”

蓦然间，潘洁想起了陶雨还尚不知女儿的情况，他依旧被蒙在鼓里，“少庭，我们一直以来都忽视了丽丽她最想最需要的人啊。”

“嗯，该让他们见面了。”

驱车来到了陈家，王少庭与陶振声、陈蔚静夫妇详谈许久。

大海边，远远见陶雨正傻傻地坐在岩石上，久旱望云霓……

“王伯父，您今天怎么有空来看我啊？”

“小雨，丽丽她……”

此时此刻，他听到了最敏感的字眼不禁欣喜不已，便迫不及待道：“王丽！王丽她从美国回来啦？”

“丽丽她、她在医院……”

“啊？医院！王丽她怎么了？”

……

窗外和煦的阳光，嬉戏着爽朗的风。王丽在母亲的帮助下化完了妆，心境渐渐舒畅了起来，在母亲的劝慰下吃了好多东西。

突然间听见一阵急促的脚步声，林慧君医生来到了无菌室，见她喜出望外道：“王太太，您女儿她有救了！现在有一个人的骨髓可以与您女儿的配型。”

“真的吗？太好了！那这个人现在在哪儿？”

“他就在本市的新城区，好像叫陶雨。我们连夜比对过了，完全符合配型要求！”

蓦然间，王丽深深地陷入了思念与期盼之中，言情并茂地念道：“陶雨……”

喜讯这一传来，不禁让潘洁露出了久违的笑容：“啊……太好了！真是谢天谢地，丽丽终于有救了……陶雨！怎么会是那个臭小子？”

“怎么，你们认识啊？”见她眉开颜笑，林慧君医生乐道。

正巧这时候陶雨冲了进来，只见潘洁点头回道：“嗯，他来了……”

刚进到无菌室的外间时，陶雨被一名护士给拦住了，“唉，先生对不起！您不可以进入到里面去，还有请你把手机关掉。”陶雨将手机交给护士后，隔着玻璃终于见到了他朝思暮想、魂牵梦萦的人，“王丽——”

此刻，终于见到她那苦苦守候日思夜念的情郎，王丽深情地望着他，嘴角间情不自禁的露出那疲惫的笑容。

这时候林慧君医生和潘洁从里面走了出来，在一边的护士劝道：“先生，请小点声儿，别影响了病人的休息。”

“医生、伯母，我现在、马上、必须得进去！”

“他就是陶雨，我女儿的男朋友，让他进去陪一下丽丽吧？”

“好吧。”林慧君医生转身拿了套制服给他穿上，“你再用这消毒液将手和面部清洁一下，记住进去以后要保持安静，话不要说得太久，去吧。”

缓缓来到她的病床前，轻轻地摘下口罩，注视起她那苍白憔悴的脸庞……这一刻陶雨紧紧抱着她，潸然泪下。

她的脸上蓦然交织起深深的思楚，泪水早已泛滥了眼眶……

触摸着他脸颊上的泪珠，“陶雨，你坏死啦，我都快死了你才来看我。”

“我是坏死了！可是、可是我真的不知道啊，几个月前伯母说你去了美国读书，我还信以为真呢。”

倏忽之间她涣然冰释，终于明白了他为何这么久没来看望自己的原因，“你好傻啊，我怎么会舍得离开你去美国呢……”

“啊……我真是糊涂！竟然未察觉出来，还常常一个人去太平洋边等你回来。”这会他方才憬悟。

只见她温声细语道：“陶雨，以后可不要再离开我了，答应我好吗？”

将她牢牢地抱紧在怀里，“王丽，我永远、永远再不会离开你了……”

相思苦短，愁上眉梢。

“只可惜……那可怕的死神不会饶了我的……”说时，她再一次投进了他久违温暖的怀抱中。情深爱重、如胶似漆又怎么忍心分离呢，“不准你这么说，只要有我在就不会有事的，你很快就会好起来的。等到那时候我们一起去营造爱的港湾，你说好不好……”在她那温情脉脉的粉唇上，深深地吻了好久、好久。

这一刻王丽带着甜美的梦睡去……躺在他怀里，感觉好安全、好温馨。或许能在他的怀抱里死去也是她的一个心愿……

两家人聚集到了医生办公室。

感到王丽似乎已沉疴痼疾，陶雨不禁急切道：“医生，她患的到底是什么病，是不是很严重啊？”

林慧君医生见他一副着急的样子，便郑重回道："她患的是白血病，已经到危险期了。"

这不禁吓得他冷汗涔涔，急迫追问道："啊！那、那怎么治疗啊？王丽她是不是已经快不行了……"

只见林慧君医生点头回道："是的，如果没有你的出现，她的确就快不久于人世了……"

"我！那要我做什么？"此时此刻的他心急如焚。

"陶雨，这份是你的造血干细胞数据，另外一份是王丽的，很巧合你俩的可以配型。通俗地说，就是用你的部分骨髓可以去救治她。"

"小雨……"这会儿潘洁迫切地望着他，期待着他的答案。

"明白了，我要用我的骨髓去救治王丽！"

蓦然间，办公室里沉静了起来……在以前的骨髓移植手术中，大多是采用直接从捐献者的脊髓中抽取骨髓，通过处理后移植到病人的体内；现在则采用药物分离法，将骨髓中的造血干细胞运动到血液中，再通过类似于透析的方法将造血干细胞分离出来。相对于过去，捐献者要更安全和身体恢复得更快。

考虑到骨髓移植手术会有一定的风险，因此王少庭不禁为难地垂下了头。陶振声一边揣测着夫人陈蔚静，又不时打探着昔日情人潘洁……

片刻后，陈蔚静对儿子郑重其事说道："小雨，你可得要考虑清楚啊，这不是闹着玩的，手术都会有风险。我和你爸都已到了中年，可不想你会有什么闪失啊……"

只见陶雨毫不迟疑地劝道:“妈啊,您要明白王丽都已经到了病入膏肓的地步,如果再不做骨髓移植,那她就……妈,您不是说过曾经欠了伯母一份很深的人情吗,现在就算是帮您还了好不好? 总之,倘若王丽她有什么不测,那我也会随她而去的!”

在一旁的林慧君医生不禁感慨道:“生死相许的经历,曾在我年轻的时候也遇到过。你们现在的心情我也很清楚,关于这类手术,我们恒宁医院以往做过几次都很成功。陶雨能在越野赛中夺得冠军,那他的身体素质一定很棒,所以大家都放心好了,应该不会有事!”

最终见陈蔚静点头道:“那就麻烦林医生您了。”

林慧君医生回道:“我们会尽全力的!”

这时候,陶振声却顾虑道:“小雨前一阵子让夏中荣的女儿给砸伤了,一直在家中休养,不知现在身体恢复如何?”

“我早就没事了! 前些天还去海里冲浪呢,身体已经恢复好了……现在我要去看王丽了,她醒来后见不到我会着急的。”

刚回到无菌室,陶雨便看到表妹陈伊琳、张寅寅、夏小雪,她们带着鲜花来看望王丽。

“呵,你们消息挺灵通啊,这么快就来了。”

只见张寅寅忙关切道:“是啊,我们也是刚刚听说就急忙赶来了,王丽她现在在里面吗?”

“嗯,不过里面是无菌室,你们只能站在外间看望她了。还有啊,不好意思你们的花也不可以放进去……”

夏小雪可有些耐不住性子了，早就想要来见见这个美女。倒要看看王丽貌美到什么程度，竟然能让陶雨对她死心塌地、神魂颠倒。“喂，你烦不烦啊！还有什么不可以的，一次搞定！没有了是吧？”

“还有！请把你们的手机都给关了，记住进去以后要小点声啊，你俩不许吵架！”没想林慧君医生的那套却让他给生搬硬套了。

进入无菌室后，陶雨微笑着说道：“王丽你醒啦，瞧有好朋友来看望你了。寅寅老同学、伊琳表妹，还有这位飞檐走壁的侠女小雪。”话音刚落顿时几个人笑了起来，唯见夏小雪喃喃自语：“哼！尽拿我寻开心……哇啊！她真的好美哦，怪不得陶雨整天王丽、王丽的，叫得那么亲热……”

在一旁的陈伊琳冷嘲热讽道：“唉！我说夏小雪你就别羡慕嫉妒恨了，我表哥他心里早有了王丽，你就靠边站吧，别痴心妄想啦！”

夏小雪又遭死对头的攻击，便争吵道：“喂！陈伊琳，你在说什么？”

见这冤家对头又掐了起来，张寅寅赶紧挤到她俩的中间调解道：“哎哟！你俩一见面就掐架，都就别吵了啊，在这里要安静些！”

蓦然间，王丽与夏小雪的眼眸相持了片刻，氤氲的气氛笼罩在她们之间，她看到王丽冷艳眼中的刀光剑影……夏小雪不由而然地退了一步叹道：“果然应验了我的谶语，陶雨你就等着去死吧！”

“切！什么话嘛，人家主治医生都说这次手术的把握很大，你就别担心啦。”陶雨乐观地回道。

这时候张寅寅关切道:“那什么时候手术啊?”

只见他深深地忧虑道:“具体时间还不知道呢,我想当然是越早越好了,这样王丽她就可以少受病痛的折磨,稍候我就要去做准备了。”

“祝你们一切顺利!”

太阳透过乌云撒下的光,为晚归的鸟儿护航远行,流连忘返间留下了欢乐的祝福。

回到无菌室里,陶雨捧着王丽那双苍白纤细的手,补偿着温馨与浪漫。“你怎么啦,不开心吗……告诉你一个好消息啊,林医生说三天后就可以手术了。亲爱的,你很快就会好起来喽!”

温存间,王丽的脸庞不禁羞涩红润了起来,她含情脉脉柔声细语道:“亲爱的,我、我也要告诉你一个好消息,我们有宝宝了……”

“真的吗?你怀孕啦,太好了!”这是重逢后的再次欣喜万分。

相拥在一起,热吻了好久……

她抿着嘴唇,露出了幸福的笑容,“已经有五个多月了,也不知道我们的宝宝是男孩还是女孩?”说时拉着他的手放在自己的腹部轻轻抚摸着。

“嘻——太好了,我要当爸爸啦!王丽,谢谢你……”说时见陶雨趴在她的腹部,仔细聆听着胎儿的心跳。

“宝宝还小啦,听不到的。我偶尔才能感觉到宝宝的胎动呢。”

“没关系,我要跟宝宝近距离接触一下。”

“你这么急着高兴啊，宝宝都还没生下来呢……可是、可是陶雨，你要冒着危险来救我，可我不想你为了我而有什么闪失啊，那我宁愿……”话语间柔情似水、忧虑万分，他用温情的双唇截住了她的话茬，可不准她这么说。

话语倏淡，情意倏浓。不求奢侈的天长地久，唯有此刻的相依相守。

晨曦时分，一道道绯红的光辉透过云彩抚照着恒宁医院。昀和焦灼相伴，王丽和陶雨被护士缓缓地推向手术室，走廊的两旁簇拥着家人和朋友……

在快进手术室的那一刻，陶雨握住了王丽的手，用鼓励的眼神呵护着她。彼此点了一下头，她的眼眸紧紧依偎着他，随之与他进入了手术室。

手术后……

陶雨苏醒后的第一眼便急切道：“王丽！王丽，她怎么样了？”

陈蔚静自陶雨手术后便一直守在身边，终于见儿子醒来，她那颗揪着的心这才放得下，“小雨，你醒了！这次的手术都很顺利，听医生说王丽她的病情现在已经稳定了，正在观察治疗中。我想啊，她很快就会好起来的。”

可他仍然放心不下，“妈，我想去看看她。”说时便见他挣扎欲起身，但却深感毫无气力。

见状，陈蔚静赶忙拦道：“小雨，你疯啦！刚做过手术还在输液呢，再说人家的王丽还没醒过来呢,急什么……"

夜深人静,晓风轻拂起丛林沙沙作响。仰望星空,流星载满了心愿飞逝人间。弹指瞬间已是沧海桑田。

周末,几位死党来看望陶雨。夏小雪扶起他倚靠在床头,她嬉皮笑脸道:"陶雨,你好厉害哦！连上帝都奈何不了你,又让你给逃回来啦。"

接过话茬,陶雨笑道:"谁敢跟你夏大小姐比啊,从高楼上摔下来还能活蹦乱跳！我想是阎王大叔怕你大闹阎王殿吧……"

"你当我孙悟空啊!"

"夏小雪你和我表哥的信仰天差地别,还是别痴心妄想啦!"陈伊琳时刻不忘攻击死敌。

几家欢喜几家愁,大家只好落一笑。

片刻后,陶雨问询道:"对了,林利南,今天是多少号?"

林利南看了一下手机,回道:"十九号,周末,怎么了?"

点了一头说道:"噢,也不知王丽她怎么样了?"

"她现在好多了,刚刚我们才去看过她。"张寅寅回道。

心里总算是踏实了,"陈伊琳,麻烦把你的手机拿到王丽的病房,我想跟她说说话啊。"

却见陈伊琳不耐烦道:"唉,我说表哥啊,你怎么忘了她那里面是不可以用手机的,等你身体好了自己去吧。再说啦,人家王丽现在也没力气来跟你谈情说爱啊。”

这会儿夏小雪也投了赞成票:“对啊!”

听其语后,陶雨微笑道:“上次救小雪我是被迫的,这次为了王丽我是甘心情愿……”

在一旁正喝水的夏小雪,听后不禁被呛了个半死,“啊——陶雨!如果我现在去跳楼,那你还会不会再来救我?”此时此刻,她多么期望得到肯定的回答。

“不会!”满意了吧?唉,即使要救你那也得选对时候嘛,人家现在还躺在病床上呢。

“啊……”总算让夏小雪死心了。

不多时候,陶雨让伊琳表妹去买个大蛋糕来庆祝一下。但却听陈伊琳反驳道:“刚做过手术的人不能吃东西!”“哇!你有没有搞错啊!这又不是内脏手术怎么不可以吃东西?闲话少说啦,快去吧,都快饿死人啦!”

哼!死表哥,今天非叫你吃撑死不可!

“陈伊琳,你插蜡烛干嘛?”

“哦,习惯啦。我把它拔掉好了……”

“唉,算啦,把蜡烛全都点着吧。”

此时陶雨闭上眼睛心中念道:啊!几次都能大难不死是该好好庆祝一下了。于是他鼓足一口气吹灭蜡烛,不巧将正在点蜡烛的陈伊琳给熏了个大花脸。

向来得理不饶人的陈伊琳不禁嗔怒道:“哎呀,呛死我啦!你想把我头发给烧啦,陶雨!你的恶行本小姐非常不满,哼!我看这蛋糕呢,你就别想吃啦!”

见表妹大发雷霆,他赶紧赔礼道歉:“Ah sorry, sorry!无心之过啊。哇!我可爱的伊琳妹妹,买来这么大的蛋糕该怎么吃呢?”

此时此刻,最开心的当数夏小雪了,只见她拍手称快道:“当然是男左女右啦!”

见死对头又在借机嘲讽自己,陈伊琳便调侃道:“啊,这么久了大家难得聚在一起,要是王丽她能过来那就更热闹啦!”

接过话茬,陶雨赞同道:“是啊,要是王丽在这儿那就完美了!唉,好久没跟她在一起吃东西,不过我想很快就可以了。”

爱吃醋的女生喃喃自语:“张口闭口王丽、王丽的,这么大的蛋糕还堵不住你的嘴呀!”

只见陈伊琳津津乐道:“呵!我陈伊琳买的蛋糕里面可没放醋啊?”

病房中除一人外,皆:“哈……”

立冬时分,波涛汹涌,海风清冷偎人。午后再见那片澄碧无垠的海洋,海天一色点缀着白皙的浮云,让人们忘却了所有的烦恼,珍惜这美好时光。

悄然静默的无菌室外,轻轻迈入的陶雨扶着玻璃拍了两下……王丽躺在病床上温情脉脉地望着他,那温雅可掬的笑容,让她所有的烦恼跟寂寞都逸散而去。双手在胸前比作心形，再指向她去——我心王丽，我爱你；柔美的脸庞隐约泛着绯晕，不时露出那久违的笑靥，楚楚动人的眼眸慧语呢喃——我爱你。

第十一章

一股昔日的氤氲，正轩然大波黯然刮起。因王丽和陶雨的手术，使得两家人的接触频繁了起来。陈蔚静素来黠慧，察觉陶振声多次跟昔日情人潘洁相遇时，眼神异常、暧昧有余。

一日，陈蔚静见丈夫又要去恒宁医院，她不禁话中有话暗示道："哟，你挺积极的啊！振声，公司里那么多事务要等着去处理，以后恒宁医院那边你就不用去了。"却见陶振声敷衍塞责道："唉，公司里的事务小雨的姨妈会处理好的，这不是小雨还在医院嘛，我不放心啊。"陈蔚静冷言冷语道："我看你不仅仅是担心小雨吧，而是操心怎么去跟你的老情人叙旧吧……"蓦然间，陶振声幡然醒悟，和颜悦色道:“嗨,瞧你扯到哪里去了,我跟她早在二十多年前就已断绝来往了。蔚静,你就不要多心了。”

看着他充满谎言的眼睛,陈蔚静不禁怒斥道:“哼！我多心了？我也是女人,谁看不出来啊！为什么每次潘洁见到你,眼神总是忐忑不安?”

这时的陶振声顿感尴尬难堪,“你就别多想了,我去了!”

“振声……”此刻的陈蔚静深感不安、心痛沮丧,为何这么多年来都没能让丈夫彻底遗忘她,从而真心对待自己……

落水荷塘满眼枯,西风渐作北风呼。

在去恒宁医院的路上,陶振声坐在车里不禁回忆起二十多年前那段催人泪下的往事,脑海里阵阵闪过当年跟潘洁相爱时甜蜜的情景……

“小雨……”陶振声推开病房的门,却见潘洁在整理着陶雨的衣物,“你来了,小雨他在丽丽那儿。”此时此刻陶振声跟潘洁独处一屋,心里蓦然翻滚起昔日的浪潮。

这么多年以来,对她充满了愧疚,“潘妹……小洁,这二十二年来你过得都好吗?”

迟疑了片刻,见她默默回道“嗯,还好啊。”这刻潘洁明白他心中总算还有她。

冉冉情愫心中起,“小洁,当年我们是要结婚的对不对?”“振声,事情都过去这么多年了,各自都有了归宿……何必往事重提呢?”“当年我是有迫不得已的苦衷,唉……”“当年我那么对你,你一句都不肯解释,现在可以说了吗?”望着窗外过眼浮云,她悒悒感伤道。

那段刻骨铭心的往事,在这一刻不禁让他全吐露了出来:“当年我其实也是被迫要那样做,在我们婚礼前的一周,父亲突然间病倒了……”

聆听完那段痛心疾首的往事,潘洁不禁潸然泪下:“啊……原来如此,振声你真傻！当初为何不告诉我呢？让我怨恨你二十多年啊……”说时她不禁一下子依靠到他的肩膀上痛哭了起来。“当初我实在无能为力,但又不愿让你为父亲的病而苦恼,所以才一直隐瞒着你……”

忽然间,陈蔚静推开了门,忿然作色、气急败坏道:“哼！果然不出我所料,你跟她果真是余情未了!”

从女儿病房出来的王少庭,见陈蔚静怒气冲冲地走了过来,“陶太太,发生了什么事?”

“你太太跟我老公在一起……”说时,她不禁趴在墙角处痛哭了起来,“这么多年来我都一直对他是千依百顺,可是到头来……”情有独钟,身不由己。

深知失态了,陶振声跟潘洁追了出来,“蔚静,你听我解释啊!”

陈蔚静怫然作色道:“你不用解释了,伪君子!”

为了顾全大局,陶振声劝道:“听我说啊！我只想化解当年跟潘洁之间的恩怨……”

“恩怨？化解完了吗？你就那样化解恩怨的……”

无菌室里的王丽和陶雨听闻后,不禁犯难了起来,只听她苦恼道:“陶雨,怎么办啊?”却见陶雨面带愠色、踌躇不决道:“不会有事的,我出去看看。”

“陶雨……我们不要分开啊！”王丽内心察觉到一种不祥的预感。

心心相印……陶雨缓缓回过头来，深深注视着她……转过身去紧紧拥抱着她，热吻着！良辰美景却是吻别。

……

“妈，到底发生什么事了？”

“小雨，不要听你妈胡说，你先回避！”“呵！我胡说，王先生的看法呢？”陈蔚静依旧不依不饶。

这会儿王少庭也不禁为之深深的烦恼，犯难了起来，他对潘洁责怪道：“你知道吗，这样一来叫丽丽她以后还怎么跟小雨在一起呢？”

“我、我现在心里很乱，不想说话，我要回家！”说着潘洁含泪离去。

病房中，陈蔚静对陶雨训斥道：“小雨，你给我听清楚了！妈以后不准你再跟那种女人的女儿在一起！”“妈——这里面一定有误会！我相信爸永远是爱您的……再说了，你们上辈间的恩怨跟我和王丽又有什么关系？”只见陶雨苦苦哀劝着母亲。

一番苦口婆心却得不到怜悯，“你住嘴！我决定下来的事是不会改变的！”说着只见陈蔚静“嘭！”的一声关门走人了。

“我是不会跟王丽分开的！”

恼羞成怒、气急败坏的陈蔚静，竟从集团里派保安将儿子围困在病房中……“放我出去！我是不会跟王丽分开的……”

阒寂的无菌室里，王丽躺在床上泫然泪下。望眼欲穿那窗外，傻傻的期盼着他，那泛滥已久的泪水终于淹没了自己，感时花溅泪，恨别鸟惊心。

度日如年于昼……

寂寞煎熬于夜……

翘首以盼于曦……

两天、三天、四天……

“王丽——”陶雨他终于来了。

“陶雨……”王丽气若游丝地呼喊道，此刻她已是心力交瘁、虚弱不堪。

“啊！小雨你来了。”潘洁从梦中惊醒了。

只见陶雨关切道：“伯母，王丽她怎么样了，脸上怎么这样苍白？”

“这几天丽丽的情绪都很差，很少吃东西，真让我担心啊……”

闻后不禁让他心疼不已，“啊！怎么会这样……”

沉默在一旁的王少庭不禁怨声载道：“都是你啊，把女儿害成这样子。”

“你以为我想啊？不是早都说过了吗，那时我情非得已嘛！”

透过玻璃看到王丽憔悴万分的脸庞，“王丽你怎么了，我是你的陶雨啊……”

谁料这时候，陈蔚静却带着保安赶了过来，见她怒斥道：“看来这医院是关不住你了，将他给我带回家关起来！”说时，只见那帮保安将陶雨架起向外拉,“我不要回去! 放开我……”可惜手术后的他元气尚未恢复,心有余而力不足。“噼——”陶雨被陈蔚静狠狠地甩了一巴掌,这也是他生平第一次被母亲打。

最不愿看到这般惨景的,当数病床上的王丽。她痛哭着艰难地爬下床去欲阻止,却跌落在椅子上,不料摔到了腹部……

最终,陶雨还是被锁在了家里……他在楼上折腾了一番,昏睡了过去。

太平洋上的赤道暖流刮来了一片阴霾,昏暗的天空瞬息万变、电闪雷鸣,滂沱暴雨……

外面的世界让王丽感到好恐慌、好寂寞,深感自己快要撑不下去了……她渐渐陷入了深度昏迷,或许这辈子就再也醒不来,再也见不到她心爱的人了,因为死神已经对她下了最后通牒!

不多时,她出现了心律紊乱,血压急剧下降已处于危急状态。

“林医生,我女儿她怎么样啊,要不要紧?”

“王太太,您女儿的病情很不稳定,刚移植进去的骨髓尚未在体内扎根,病情现在又再度恶化!”正当林慧君医生悲观叹息时,又一不幸传来:“林主任,不好啦! 她流产了……”

“啊——”

……

一时间潘洁手忙脚乱、心急如焚,“啊! 林医生,这该怎么办啊?”

见那林慧君已累的汗流满面，依然摇头叹息："不行了……王太太，对不起！我们医院已经尽最大努力了，可她仍是昏迷不醒……""林医生，我求求您，救救我女儿啊！"

蓦然间，林慧君说道："或许……我导师的医院还可能救活你女儿，你们尽快将她送去美国救治吧，那边的医疗水平都比我们医院要好得多。现在我就帮您联系，请导师那边做好准备等你们！"

不管女儿还有多少希望，母亲都会尽全力争取。只见潘洁迅速打电话联系丈夫，准备送女儿去国外急救。但电话却怎么也打不通……紧跟着她从 SBC 卫视里得知，王少庭因这场暴风雨发生了车祸，眼下也正在医院里急救……这下子潘洁可六神无主了，不知顾哪头是好！由于时间紧急，最终她决定还是先顾着女儿，只能请亲戚同事去照看丈夫了。苍天啊！真是祸不单行。

滂沱暴雨愈加猛烈，迫使机场临时取消所有的航班。这样一来，潘洁只好将女儿转送至港口，准备搭乘远洋客轮驶向了最后的希望地。

北太平洋上的千岛寒流窜出了一支凶神恶煞的风暴，追随着那艘远洋客轮……

"丽丽！丽丽！丽丽……"此时此刻，王丽恬静地闭着双眼，炽热十九年的心在这一刻终于冷冰了下来。她带着多么深沉的遗憾与美妙倾心的梦悄然离开了人间……

尚来不及恸哭流泪，那支凶神恶煞的风暴吞没了这艘远洋客轮……

风暴带着那个少女的灵魂飘摇在太平洋的上空，苦寻着与她生死相许的人……

蓦然间，那蓝色石头在陶雨的胸口炙热了起来，“啊！王丽——”昏睡太久的他感知到了王丽有难，顿时恐慌万状。不久听到了陈伊琳在楼下喊道：“陶雨……表哥，不好了！”陶雨疾步来到门口，但房门却被反锁了起来，只见他又箭步冲到窗口，“伊琳，你快说怎么了？是不是王丽她……”“她、她昨天中午病情突然恶化，一直昏迷不醒……”陈伊琳将王丽的噩耗告诉了他。

闻噩耗悲恸欲绝，只见他转身冲到门前狠命地撞了几下，但却无济于事……见那窗户是唯一的出口，于是他奋不顾身跳了下去。见表哥跳楼了，陈伊琳心中不禁急道：天啊！表哥他中夏小雪邪了，竟学起她跳楼来！“啊——表哥！”见他跌落在草坪上，她赶紧跑过扶起他，“表哥、表哥！你没事吧？”

“我、我没事……”陶雨咬紧牙强忍着伤痛向车库挪去。

见他言行怪异，陈伊琳焦急旁徨追问道：“你要去哪？表哥，你冷静一点啊！”

这时候，他心口的蓝色石头正炽炽发光。这块生命之光陨石已显灵，则必然有生死事变。“我要去找她……王丽，我来了！”陶雨驾车直奔太平洋……

千里黄云白日曛，北风吹雁雪纷纷。

汹涌澎湃的太平洋涌起阵阵波澜，锥心沥血的陶雨跪倒在浪潮里，黯然灰冷的风雪让他的一切被召唤去……蓦然间心口的石头闪耀出道道蓝色的光芒，那光芒照耀到了太平洋的尽头，将她的灵魂从风暴里救了出来。在那闪烁的光芒中，王丽那沧桑的面孔、憔悴的身影冉冉向他飘来。情深似海终将生死打破，牵手在了一起，将她牢牢地抱紧在怀里。

蓝石头挥洒出耀眼的光芒，他与她渐渐融化于光辉之中——生死相许的爱情终成眷属……

爱的光芒洒遍太平洋！

终曲篇

天荒情未了

WILL LOVE YOU FOREVER

第十二章

天妒英才，生亦何欢。

兰摧玉折，死亦何惧……

得知王丽离开人世的噩耗后，陶雨悲痛万分、跳海殉情……幸好陶振声及时赶到，将他救上岸送往嘉佑医院抢救。

从那以后，他整天皆郁郁寡欢、悒悒不乐，缄默不语、噤若寒蝉……她的音容笑貌宛然成了追忆之痛。

一日，依旧见他独自坐在海边……

空荡冰冷的心，犹如在大海里漫无终点地飘摇着。不一会儿，在他身后不远处的海滩上停下了一辆商务车，随后出来两位约莫六十岁的老先生。

出于礼貌，陶雨站了起来，“先生，您有事吗？郝老师，怎么是您！”

“这位是福宏大学生物系的迟富教授，是我多年前的同事，现在从事生命医学的研究。”夏进中学的生物老师郝祖谟介绍道。

“哦，你就是陶雨吧？”

见两位风尘仆仆的老者，陶雨依然疑惑道：“嗯，请问您来是……”

迟疑了片刻，迟富语重心长地回道，“唉……这次的不幸我都知道了，潘洁老师既是我的学生又是我多年的同事，她的女儿丽丽是我一直看着长大的，然而就这样地走了……”

追思了许久，陶雨的脑海中蓦然间闪出一念头：“迟教授，您是研究生命医学的，那人死后还能否复活吗？”他梦寐以求女友能够复活，但似乎忘了——人死不能复生！

恰好迟富也正是研究人类生命科学的权威，故他三思而后言：“这就要看人死去了多久，身体还留下些什么。不过呢，关于这方面仍处于研究实验的阶段……”

自王丽离开人世后，至今仍随着那艘远洋客轮沉没在海底，欲要救活她得抢在时间的前头，“迟教授，快上车！”

“你要带我去哪里？”

“迟教授、郝老师，请你们去我家一趟，有要事相商……”

自从得知潘洁遇难后，陶振声每日里也不禁愁绪绵绵、痛苦不堪、恍惚度日，不久后便与夫人陈蔚静分居。当他得知儿子要求集团打捞沉船时,便允诺了下来。

时处冬月,半岛上空白雪飘零。

海风清冷刺骨,巨浪推波助澜咆哮于天地间。陈氏集团与两国的海事部门共同组成了国际打捞队,通过卫星导航定位系统,打捞船队准确到达了海难水域。待一切准备就绪后,打捞沉船工作便正式开始了。

默默地站在船头那儿,陶雨正焦急的守望、期盼着……

同船跟来的还有他的表妹陈伊琳与夏小雪,她们担心陶雨又会做出傻事来,故便偷偷跟了过来,“喂,饿不饿呀? 这可是我特地为你做的心形牛排,尝尝吧?”

“我不饿啊! 小雪,你怎么跟来了?”

“人家担心你会胡思乱想,又没心情吃东西,饿坏了身体怎么办啊。”王丽离开后,的确是她最好的时机。

此时他的脸上难得露出一丝笑容,“谢谢你这么关心我,不过我真的没事……对了,下次就不麻烦你做牛排了。”“为什嘛? 你不是很喜欢吃牛排的吗?”夏小雪深感莫名其妙。只见他一往情深地对着大海说道:“这是因为只有是情侣才可以做给对方吃,也就是说只有王丽她才可以……”

听闻后,夏小雪不禁惭愧地低下头,喃喃自语:“噢,好心酸嗳,可是王丽她已经死……”“她没有! 在我心中她从来就没有离开过……迟教授说她还有希望的!”

几声犬吠后，见陈伊琳牵着一条纽芬兰犬，挺着胸脯走了过来。不禁对她又是一番奚落道："夏小雪你真够悲催的啊！表哥他或许会喜欢你一点，但他爱的是王丽。要知道喜欢是淡淡的爱，爱才是深深的喜欢。唉！看来夏小雪是终不能与她喜欢的人终成眷属了。""哼！陈伊琳，你咒我啊？""是啊，你好聪明哦，我在咒你呀！上次你跳楼呢，那这次你是不是要跳海啊？放心，我表哥他不救你还有这条海难救生犬呢，不过嘛我会等你被淹个半死，才会让它去救你的……"

顿时，两个人又争吵个不休，陶雨不禁烦躁道："喂！你们安静点好吗，沉船已经浮出水面了！王丽……"

四艘打捞船上的塔吊在沉船前后左右架着缆绳，边抽水边向上吊拉。过了片刻，迟富教授与陶雨带上一些人，携着一个冷藏箱登上了那艘远洋客轮。甲板走廊上横七竖八地摊满了尸体，头发凌乱、面色充血……一片惨不忍睹。

根据客轮公司提供的信息，陶雨很快找到了王丽所在的舱室。他迫不及待地破开了舱门，见到盖在她身体上的白色床单正在零星滴着水，那滴滴的幽灵声倏忽再次敲痛了他的心门，"王丽——"他缓缓揭开了盖在她身上的床单，见那苍白的脸庞依然留着深深遗憾……

没想到再见她已恍如隔世，他用脱脂棉布将她身上的海水给吸拭去……片刻后，迟富教授劝道："小雨啊，别再难过了，赶快将她抱到冷藏箱里去，我要启动程序了！"却见陶雨将王丽紧紧地抱在怀里，怜悯悲恸地吻着……最终抱起她放进了冷藏箱里，留下了数滴泪珠陪伴着她。

正当要离开的时候,突然间听到迟富教授呼喊道:“对了,还有潘洁老师在哪? 你们快去找一下!”说着,见迟富教授匆忙地指挥着寻找潘洁的遗体。

不久后,只见搜索小组汇报道:“迟教授,搜遍了整艘船怎么也找不到啊! 很有可能遗体已经被冲到海里去了……”

思索了片刻,见迟富教授吩咐道:“你们几个人留下再仔细地查找一下。小雨啊,我们得赶紧回去,时间不多了!”

携着冷藏箱回到了打捞指挥船上,“……那艘客轮上的情况大体就是这样。现在我要和迟教授赶回实验室,尽快调一架直升机过来!”说完后,陶雨便守护在冷藏箱的边上。

直升机很快就将他们送回了福宏大学的生物实验室。

这所实验室位于福宏区的郊外,迟富教授曾在这里研究出许多享誉世界的成果。

见迟富教授独自一人忙忙碌碌出出进进的,在一旁的陶雨便焦急道:“迟教授,我可以帮您做些什么?”

过了片刻,才见迟富教授指示道:“接下来将要对她的身体进行全面检查,你进来帮忙。”

“啊?”

“你还愣在哪儿干嘛?”

“噢……迟教授,您的身边怎么连个助手都没有啊?”见陶雨颔首低眉问询道。

“都被我给骂走了，他们都没有悟性，反应太迟钝了。还有啊，你也要当心啊！”

寥若晨星，廓落的夜空中，寒冷的月光笼罩着人间。寒鸦掠过星空唤起了他心中的愁丝万缕，唯有默默地在向星空祈祷着，祈祷她复活……

凌晨时分，天空中不禁留下了几声寒鸦哀鸣。迟富教授疲惫不堪地走了出来，脱了工作服叹息道：“唉——近年来我的实验总是令人失望，看来她暂时我是无能为力了，所以要将她送入冷室里休息几年。”

“啊！怎么会这样，那我以后是不是就见不到王丽了？”

“唉！我也了解你们花样年华人的感情，以后你可以常进去看望她，只不过……”迟富教授不遗余力地安慰着。

“噢，这我明白，那要我等待多久她才会醒过来？”这才是他最关心的事。

思索了许久，却听迟富教授含糊其词道：“唉……其实她已经……不过呢，我定会尽最大努力的。时间上估计也要十八九年吧。”“啊！十八九年？要这么久啊！”闻后，陶雨不禁目瞪口呆、心灰意冷啊。何必呢，干脆判他个无期徒刑算了。

“唉，这也是最快的啦！要是慢的啊，那就等到我死呗。”

这下陶雨可有些急不可耐，“迟教授，您到底有多大把握啊？”

却见迟富教授并未作正面回答，长吁短叹道：“唉，人这一老啊，随时都可能撒手人寰……我累了,你去给我准备一份夜宵吧。”“嗳！迟教授,在王丽没醒来之前您可千万不能有事啊,如果您要是死了,那我、我也要将您从棺材里拖出来……”

吃了几口夜宵后,迟富教授端详着陶雨不禁笑了起来,“呵,哈……小雨啊,看我们挺投缘的,做我的助手怎么样?”

“助手？好啊、好啊,谢谢！迟教授,麻烦您再想想办法,尽可能让她早一点醒过来。”此时只要是为了王丽,他都可以无条件服从。

深深地叹了一口气,迟富教授问道:“小雨,老实告诉我你可以等待多久?”

只见他情愫萦怀道:“我的整个人整个青春都是她的,我会永远等下去的,就算到了天荒地老、海枯石烂我也会等着王丽!”

“谢谢！小雨,你给了我一颗恒星。好了,我还要取样本做研究,但很快就会结束的。”

“迟教授,要我去帮您吗?”

却见迟富犹豫了片刻,摇头回道:“不、不用了,记住一个钟头后进来将她送进冷室。”

“噢,知道了。”

冷室位于实验室的中部,是实验室里科技含量最高的地方。使用电脑全自动控制,通过液氮制冷,最低可实现冷室零下近 200 度。其中的一台机器保持血液循环流动,同时注入了防腐剂及防冻剂保护人体组织。

王丽静静地躺在冷室的中央平台上，周围被一个巨大的绝热玻璃罩住。那娉婷婀娜的身姿犹如一尊玉女的雕像，雅静安谧……

从此以后的大多时间里，陶雨都守在王丽的身旁，默默地陪她讲起从前的故事……“现在再也没有人能分开我们了……”每天的清晨他都会在冷室里放上一簇鲜花，就这样守护她在永远的昼与那漫长的夜。

舞影鸾孤，绕心蝶倦。

一个月后，潘洁依旧下落不明，估计已无生还的可能。依照本地的习俗，只好为她举行葬礼以告慰灵魂。

葬礼当天，陶雨去福宁园墓地的时候，远远看到了王少庭对陶振声怒气冲天道：“你走啊！陶振声你这个混蛋，害得我家破人亡还不够吗？”片刻后，见陶振声蓬头垢面默哀道：“是我对不住她们，这二十多年来……”

“你不要再提了！现在人都死了，再想为她付出也晚了！你走吧……”

见到父亲走远后，陶雨便走了过去，在墓碑前望着潘洁的遗像伤感道：“伯母……伯父，您没事吧？”

“小雨你……丽丽她……”

“伯父，王丽她仍在休息，我会一直守护着她的。”

这时候却见王少庭怨声载道：“唉！你这孩子也真够傻的，丽丽她已经……你应该试着忘记她，重新去爱另外一个女孩啊！”

“不！伯父您不要这么说，这一生我只爱王丽一个人，不会再有其他人了。”说着他又对墓碑上的遗像默念道：“伯母，您放心！我一定会让王丽她醒过来。”

经此灾难后，陶振声因思念过度而罹患重病，此后便一病不起。数月里他已似头童齿豁、老态龙钟，最后他在无限的痛苦中郁郁而终，殉情归去……

葬礼之后，茕茕孑立、形影相吊的陈蔚静，独自一个人坐在院子里的摇椅上，感叹人生世事无常，不禁追悔莫及道：“原来当年逼振声跟我成婚……到头来我们夫妻的缘分也只有二十二年啊！”

自那以后，陶雨不禁背负着双重的痛苦，煎熬着每一天。从此他便很少露面，潜心于迟富教授的救人实验项目中。

然而不久后，陶雨却发现迟富教授并不专心在研究此项目，而是在搞另外一项实验。他不禁困惑道：“嗯……迟教授，有件事我一直想问您？”

“小雨，什么事啊？说吧。”

只见陶雨回头望了一下胚胎室，疑惑道：“您总是在胚胎室里做什么，这跟救醒王丽有关系吗？”

“嗯……这个我在大学里搞的一个新项目，现在你还不懂就不要多问了。放心好了，不耽误救醒她工作。”迟富言词闪烁搪塞着回道。

出人意料的是，迟富教授却隐藏着一个惊天秘密，然而这个秘密也只有他跟王少庭两个人知晓，原来他正在进行克隆人的实验。虽然世界上反对克隆人，但他依然还是坚持去做了，天知晓最终结果是悲或是喜……

那日深夜里，迟富教授悄然来到了王少庭的家里。

为他沏上一杯茶后，王少庭聊道：“迟老，您这么晚来找我有事吗？”

犹豫了片刻后，迟富语重心长道：“少庭啊，我一向无事不登三宝殿，今晚来想跟你商量个事。你看小雨这孩子，为了你女儿丽丽每日愁眉苦脸、郁郁寡欢的。长此以往，我担心小雨会向像他父亲那样，早早的就离世……”闻后，王少庭也不禁叹息道：“唉！小雨这孩子对我女儿太痴情，可丽丽她已经去了，这叫我又能怎么办呢？”

这时迟富也惋惜道：“少庭，跟你说句实话，目前我真的是无能为力，救不活丽丽啊……”

只见王少庭忙安慰道：“人死不能复生，迟老您何必自责呢。”

但见迟富认真地回道：“不！少庭啊，现在有个折中的方案，我想做个替身来代替丽丽她本人，你看行吗？”

“替身？”

“就是克隆人……”

“克隆人！行吗？”

只见迟富郑重其事地点头回道：“嗯，应该可以！这样一来即使最终救不活丽丽，日后也会有新的丽丽来代替她的。”

“噢，那很好啊！迟老，这得要多久啊？”

沉思片刻后回道：“丽丽她今年十九岁吧，那么也应该要十八九年。不过，少庭啊，我俩可得要死守住这个秘密！”

“迟老，您放心这个我明白！”

从那以后，迟富教授便悄然地避开了陶雨，暗中施行他的计划……

第十三章

秋去,冬来,春又回……

一日午后,天空中下着蒙蒙细雨,陈伊琳、林利南、张寅寅,夏小雪他们一群人来到实验室中看望陶雨。见他们每个人都喜上眉梢,陶雨那颗沉寂已久的心也不禁强颜欢笑道:“你们干嘛这么开心啊?”“表哥告诉你啊,今天要高兴一点,迟教授来了个女儿。”陈伊琳睁着那双大眼睛津津乐道,她那天真烂漫的脸庞上不禁增添了几份成熟。

闻后陶雨吃惊道:“迟伯母她什么时候生了个女儿?”

“昨天下午。”

“迟教授跟迟伯母都这把年纪了,竟然生了个孩子?”

这时候,却听那夏小雪解惑道:“嗨！这有什么嘛,现在的科技发达呀,一百岁的人生孩子都不稀奇。再说啦,迟教授夫妇俩一直都没有孩子,这下不是老来得福嘛。”

在一旁的张寅寅劝道:“陶雨你就别多想了,开心快乐一点吧。瞧你整天愁眉苦脸的,别等到以后王丽真的醒来的那一天,老得会让她不认识你……”

只见陶雨默然点头道:“我知道啊,谢谢你寅寅！唉,都别说啦,我们去医院看看那个刚出生的小妹妹吧。”

伴着那几位好友,陶雨驾车来到了恒宁医院。

一阵阵欢乐融融的笑声从那病房中传了出来,“迟教授,恭喜、恭喜!”见陶雨微笑着递上一杯热茶贺喜道。随后,陶雨坐到了王少庭的身旁,“伯父,您身体近来可好啊？昨日,我去福宁园看望了伯母……今天依然在王丽的身旁放了一簇鲜花。”

今儿王少庭一改往日的沉默寡言,变得能言善道:“我身体还好啊。唉！小雨你一定要耐心地等下去,其实我也在等待,等待女儿的重生!”

“嗯,伯父您放心,我一定会坚守下去的……我去看一下小 Baby。”说着,见陶雨起身走了过去,轻盈盈地抱起那刚睡醒的婴儿,伸出舌头逗着她,“哈、哈……你们看啊,她都会笑啦！嗯,长大后啊,一定是个小美女。对了,迟教授您有没有给她取个名字啊?”

坐在病床旁的迟富教授这会儿可幸福死了，只听他乐道："唉哟，瞧我把这事还给忘了！还是小雨想得周到，少庭啊，这孩子的名字还是你给取吧。"

这时王少庭站起身来，其乐融融欣然回道："好啊！"

这时候，陶雨不禁疑惑道："迟教授，您做爸爸的不替女儿取名字吗？"

却见迟富笑道："唉，小雨，这都一样嘛！你王伯父可是文化圈内的名人，他肚里墨水多啊，还是请他取吧。"

片刻后，见王少庭说道："就叫迟溦吧。三点水的'溦'"

"迟溦……嗯，好听！'溦'字不是小雨的意思吗，跟我还挺有缘的哦。"

只见王少庭含笑回道："呵呵……大家都很有缘嘛。"

西风呼过，北雁南飞；春暖花开，南燕北归……

时光飞逝，匆匆过了五载……

陶雨长年累月的在实验室里做研究，想方设法去救醒王丽。然而迟富教授却几乎放手了实验室的事情，去百般呵护女儿的生活。这不禁使得陶雨时常抱怨道："唉！迟教授啊，别整天都忙活您那宝贝女儿啦，迟溦她现在不是很健康、很可爱嘛！我呢，要等到什么时候王丽才可以醒过来啊？"

却见迟富教授漫不经心地说道："唉，小雨啊，可别冤枉了好人哪。"

无可奈何,陶雨只好叹道:“我当然知道您是个大好人啦,难道您真的要让我等到天荒地老、海枯石烂吗?”说时又见他愁云惨雾了起来。

这时候,迟富教授和蔼地安慰道:“对自己要有信心嘛!我想你可以等到天荒地老、海枯石烂,但你放心不会让你等那么久的。对了,今天是我女儿五岁的生日,你很久没去看小妹妹了吧,小微她整天都缠着我要带她来和你玩。”

却见陶雨无精打采地回道:“噢,知道了。”

正午时分,陶雨驾车来到迟富教授的家里。

刚走进客厅便看到桌子上放了一个硕大的蛋糕,见他喜逐颜开道:“Hi——小微妹妹,你在哪啊?哥哥来看你啦,生日快乐!Happy b——哇!”突然间,他感到背后被挨了一下。

原来是那个天真烂漫、顽皮不驯的迟微,只见她手里拿着球棒,活泼可爱地乐道:“哥哥,对不起啦!怎么啦,很痛吗?”

“小微,别调皮、小心点哦。小雨,你怎么了?”这时迟夫妇走了过来。

此时此刻,却见陶雨正目瞪口呆愣在那儿,片刻后见他惊诧道:“迟教授,怎么小微她的长相和言行举止都跟王丽很相似?”方才见她手持球棒的身姿酷似当年的王丽,还有她那笑容也似曾相识。

这会儿,只见迟太太将女儿带到身后笑道:“小雨,你可别瞎说了!我女儿小微她怎么会跟丽丽相像呢?我看啊,你是救人救得走火入魔啦。”

午餐的时候，突然听到迟微嬉笑道："哥哥，你的鼻子上有嘴吗，怎么用鼻子吃蛋糕啊？"迟微见陶雨的鼻子上沾满了奶油，便见她睁着那神采奕奕水灵的大眼津津乐道。

"啊？"这会儿，陶雨才从沉思中回过神来，接过迟太太递来的纸巾，他忙擦去鼻子上的奶油。

迟太太不禁萦怀道："小雨啊，你今儿是怎么了，哪里不舒服吗？"

只见陶雨摇了摇头，情愫道："迟伯母，我很好啊。只不过是我怎么看小微，她都像极了王丽，奇怪……"

这时候，迟微天真活泼地问道："哥哥，王丽是谁啊，我怎么没有见过她呢？"

犹豫了片刻，陶雨不禁勉强一笑，和蔼地回道："你那王丽姐姐她已经……她在休息啊。唉，小孩子家不懂的……真的好像哦……"

事情要这样继续发展下去，肯定会变得糟糕不堪。迟富教授认为应该让女儿避开陶雨，不然的话陶雨起了疑心和一旦知道了迟微的真相，那么他的计划将全部化为泡影。

傍晚时分，在回实验室路过王少庭家时，陶雨停下车来，顺道去看望一下伯父。

嘘寒问暖闲聊了一会后，便见陶雨问道："伯父，您有没有王丽她五岁时的相片？"

"有啊，小雨你为什么突然间问这个？"王少庭疑惑道。

只见陶雨和颜悦色地笑道:“噢,也没什么。就是我忽然间很想看看王丽小时候的模样,那时候她还救过我呢。伯父,我可以看一下吗?”

“好啊,你稍坐一会。”说着王少庭放下手中的茶杯,起身来到楼上的书房中,将他那套珍藏多年的相册给拿了出来。

接过相册打开一看,“小微!”不禁让他舌挢不下、目瞪口呆。

倏忽见王少庭愀然作色道:“这是我女儿丽丽,怎么会是小微呢?”

端倪着相片让他深感迷惘,“怎么会跟小微一模一样呢? 天啊! 这到底是怎么回事……”

坐在身旁的王少庭踌躇了片刻,劝慰着笑道:“嗨,这也没什么嘛,人世间模样长相像的多得是,不足为奇啊?”

后来在这件事上的观点,陶雨最终相信了迟富教授与王少庭的说辞。

但自那以后陶雨便常会去看望迟微,陪她玩耍。这不禁让迟富教授萦怀于心、寝食难安,便与王少庭商量后决定将迟微送去日本亲戚那儿读书。

半个月后……

“小微,乖! 走吧,跟妈妈说再见。”今天,迟富将带着女儿乘飞机去东京。

这时候,却见迟微喃喃自语:“可陶雨哥哥他怎么还没来送我呢?”

便听迟富哄道:“哥哥人家有事忙着呢,怎么会有空来送你这个小淘气啊,时间不早了,小微,乖! 跟爸去机场好吗?”

却见迟微摇着头执拗道:“不嘛,哥哥他说要来送我的……呀,你看!哥哥他来啦!”望见陶雨他开着跑车急速驶来,终于将他给盼到了,“哥哥,你迟到啦!”

只见陶雨跳下车蹲下来,将迟微搂在怀里微笑着歉意道:“小微,真不好意思来迟了!”

这一刻,迟微不禁趴在他的怀里哭闹了起来,“哥哥,我在日本见不到你会很想你的,哥哥和我一起去日本玩好不好嘛?”

“啊……不行嗳,哥哥还要去救醒你王丽姐姐啊,有好多事要做呢。小微别闹了,走吧,哥哥等你回来一起玩……”

离别的机场,迟微那水灵的眼睛里泛满了依依不舍的泪水。

事实上,迟太太哪里舍得刚满五岁的女儿离开自己而远去日本,但又因身体原因,最终她拗不过丈夫最终还是忍痛让女儿送走了。

在以后的数年间,陶雨在迟富教授的指导下,他更是夙兴夜寐的在实验室里忙于研究,想方设法去救醒王丽。值得欣慰的是,他的研究已有了很大的进展……

时光荏苒、春华秋实,岁月无情、红影倚窗……

故人往事皆已渐行渐远,曾经的伤痛亟需时光来治疗。

王少庭的头上已见花白,而年迈力衰的迟富教授也不禁显得老态龙钟,深感自己快要钟鸣漏尽……

然而令人费解的是，陶雨却跟当年一样，依然那么年轻英俊。这么多年来他一直都是十九岁时的那个模样，可惜这一现象并未引起迟富教授的注意。

这天是陶振声逝世十周年悼念的日子，陶雨回来祭拜父亲。陈蔚静自丈夫死后，便一直是孤单度日、聊以卒岁。看到久未见面的儿子后，她不禁唠叨了起来，"小雨啊，你心里还有没有我这个妈啊？"

嘘寒问暖以尽天伦之道，见陶雨陪在母亲的身边，"妈，您又怎么啦？"只听陈蔚静埋怨道："小雨啊，不是妈说你呀，都快三十岁的人了，该找个女人结婚啦！你不为自己考虑，那也要替你妈想想啊。这些年来你爸和你外公都相继去世了，而你又长年呆在实验室里，家里整天空荡荡的。妈这身边连个亲人都没有，你得给我找个儿媳妇回来陪伴我，我还等着抱孙子呢！我看啊，你那个救人的计划都搞这么多年了，也没把人给弄活过来。你就算了吧，要知道公司现在有很多事等着你来做呢……"只见陶雨温文尔雅安慰道："妈，我知道了，不会让您等太久的。下个月有个试验，迟教授说了是很有可能让王丽醒过来的。""小雨啊，你在试验时可要当心啊！你也瞧见了，迟教授的腿不就是因为搞试验才受伤的嘛。""妈，您就放心好了，我会小心谨慎的。"

在一个月后的那次试验中，不料陶雨受了重伤。幸亏有蓝石头护体，才使得他幸免于难、化险为夷……在众多的反对声中，并没有让他放弃去救醒王丽的信念！

出院后，他一如既往地走进了实验室……

第十四章

星移斗转，岁月飞逝。

弹指瞬息，人间繁华十九年……

春夏之交，陈伊琳将与王石珂举行婚礼。王石珂是王少庭的侄子，SBC卫视的新闻节目制片人。为此陶雨特地给自己放了几天假，还有那个天真烂漫、活泼可爱的迟溦，她在日本东京大学刚考完试便吵着要回国。

电话铃突然响了，“叮呤呤……”

接过电话便听到一声亲热而又娇美的声音：“喂——陶雨！”迟溦现芳龄已经十九了，真不知道这个神秘的女孩会长成什么样子……

“王丽?”倏忽间,陶雨被这温馨而又久违的声音给愣住了。

“什么王丽嘛,我是小微! 陶雨哥,明天你可要准时到机场接我哦,不准迟到! 不然嘛……”

“呵……小丫头,别耍花样啊。”

“谁要耍花样嘛,bye!”

“Bye!”陶雨挂下了电话,不经意间流露出久违的笑容。他的耳边一遍遍回荡着她的声音,怎么会跟王丽的声音一模一样?

正当沉醉之余,听到电话铃又响了,“喂,表哥,近来怎么样啊?”

一听便知是表妹,他微笑着回道:“噢,伊琳啊,我很好啊。对了,你们的婚礼准备得怎么样了?”

话语翩然,却掩饰不住陈伊琳心中的喜悦,“哎呀,早就准备就绪啦! 石珂他呀,整天陪着我试婚纱和购物……表哥,你明天过来跟我们一起玩两天吧?”

没想到表妹转眼间也都要结婚了,喜不自禁地回道:“好啊,恭喜你呀! 不过呢,明天上午我要去机场接小微,下午再到你那儿吧。”

“好啊,小微她要回来啦! 这么多年没见了,我还挺想她的呢,明天一起过来叙叙旧吧。还有啊,表哥你明天去机场开车时要当心点哦。现在人家都说你是我弟弟呢,唉! 我要能像你一样青春永驻那就好喽! 我想啊,一定是你和王丽的爱情感动了上苍……唉,不说了,免得你伤心难过,再见吧!”

“再见。”挂了电话,他不禁悲伤叹息道:“唉! 若是我们真的感动了苍天,那王丽她也不会丢下我,自己孤独的一个人走了……”“叮呤呤……”今儿还挺忙的,电话铃又响了,“喂,我是陶雨……迟教授?”不知迟富教授打来电话有何贵干。

“小雨,来我家一趟好吗?”

想到迟富教授找他,莫非又是关于实验的事宜,他便满口应道:“好啊,我马上就来!”

挂下电话,陶雨便驱车去了迟富教授家。

当他来到迟富教授家中,正见迟富坐在客厅里等候他,“小雨,你来了。坐下、坐下……”

这时候,迟太太给他沏上了一杯茶,“迟伯母,谢谢您! 迟教授,您找我来有什么事吗?”

喝了几口茶后,迟富教授询问道:“小雨,明天你要去机场接小微吗?”陶雨点头回道:“是啊,刚刚小微妹妹还打电话要我明天准时去接她呢。”

却见迟富教授犹豫不决道:“要不,明天还是我去吧……”

在一旁的迟太太不禁埋怨道:“干嘛非你要去啊? 既然咱闺女指明是要小雨去接她,你就让小雨去呗,小微这孩子的脾气你也不是不知道的。”

“我,是这样啊……”只见迟富教授舌挢不下,踌躇不决道:“唉,其实也没什么,我只是担心小微会调皮、爱捣乱……”

言语间不知所云,陶雨温雅回道:“调皮? 唉,那还是她小时候的事,现在小微长大都快二十岁了，哪里还用担心这个啊？再说了，迟教授您的腿不太方便，需要多休息啊，所以还是我去吧，不就是去机场接小微嘛。”

“那……好，好吧……”

次日晨曦时分，陶雨起床后慢步小跑了一阵子，随后来到了实验室，将刚采来的鲜花放在了王丽的身边……

回到家后，洗个澡换了套新西装，早餐过后便见他驱车前往机场去迎接迟微。或许是故人久未见面的缘由，今天他的心情格外舒畅。

机场的跑道上陆续降落了几架客机，此刻已近晌午，陶雨看了下手表，估计迟微乘坐的航班也该到了……只见他左顾右盼地等了好一会儿，却始终不见迟微的身影，心里不禁萦怀了起来：这小丫头哪去了？手机也不开！说实在的，这么多年没有见到小微了……糟糕！我就是遇见到了她，也未必相识啊？

着急之余，忽然间听到：“Hi……陶雨！”原来迟微推着行李来到出口处时，却迟迟未见有人来接机。幸好，这么多年来陶雨的容貌没有任何变化，迟微便一下子从人群中认出他来，欣喜若狂的呼喊道。

蓦然……

“王……丽！”此时此刻，陶雨却看到了平日里最熟悉的身影！……这不禁让他傻傻地愣住了，是不是眼睛看花了，还是思念过度、神经错乱？王丽她怎么会在这里?！复活了吗……

在日本留学这么多年的迟微，一直都很牵挂着陶雨，现在终于见面了。只见她欢天喜地地跑到了他的跟前，甜甜的一声："陶雨哥!"见眼前的这个男人如此痴情地看着自己，她不禁慢慢地投进了他的怀抱……此时，陶雨也顾不上眼前的女子是不是王丽了，只见他牢牢地将她搂在怀里……"陶雨哥，我好想你哦……"迟微的呢喃细语在这刻被他的温唇滞住了，突如其来的亲热不禁让她欲迎还羞，但渐渐带着似水柔情热吻了起来。

温存之余，陶雨依然不知怀抱里的女子是迟微，而不是王丽。却见他情愫道："王丽，你终于醒来了！知道吗？我好想你！王丽，我们永远再也不分开了……"

正当沉醉在甜蜜的幸福中，迟微听到吻她的男人却在呼着别的女人名字，"王丽？哼！放开我……"自己的初吻莫名其妙地给丢了。

见她欲从自己的怀抱中挣脱，"王丽……你，你怎么了?"

"陶雨！你看清楚啦，我是小微!"这会儿迟微才知道他是认错人了，真倒霉！唉，倒霉的事还在后头呢。

晴天霹雳、如梦初醒，"小微？啊……"眼前的女子竟然会是迟微，怎么长得跟自己女友犹如一个模子刻出来似的?

这时候，迟微不禁鼓着小嘴巴怨声载道："哼！王丽、王丽的，她是谁呀？噢……我以前听说过。陶雨！你心里面就只有王丽，难道一点都没有我吗？亏人家在东京天天还想着你，哼！一见面就被你浇了盆冷水……"

倏忽间恍然大悟，他赶紧赔礼道歉："哎哟……小微，真是对不起啊！我不是故意把你认错的，你跟王丽长得太像了。"

无奈，迟微只得叹惜懊恼道："唉，没什么啦！我可没那么小气，可王丽不是早已经……"蓦然间，他那满怀喜悦消失殆尽，脸庞尽是忧心忡忡。迟微不禁欲言又止，拿出纸巾轻轻地拭去他那失落的泪水，"陶雨哥，不要难过了，王丽不在了……你还有我呀。"

"你的发香也跟她以前是一样的……唉，不说了！回家吧，今天是你归来的好日子，应该庆祝一下才对！"

只见迟微点头微笑道："嗯，好啊，我们回家！"

将迟微的行李装上车，陶雨便开车送她回家去。

在车上迟微不时地注视着他那俊秀的脸庞，"陶雨哥，这么多年了你还是那么的年轻英俊，岁数看起来和我差不多哦。"

这话不禁让他沾沾自喜，"哈、哈！是吗？本以为自己已是风烛残年了，没想到还有人这样夸我，我可比你大十九岁哦！其实在我的印象中，好像从十九年前至今，我就没怎么变化过。"

"真的啊？那再过二三十年后，你依然还是这个样子，可我却已经是……哎呀，那不公平啦！你有什么保养秘籍吗？"

"哪有……"

在家门口守候多时的迟教授夫妇，终于盼到女儿回国了。

"爸、妈！我回来啦——"下车后，便见迟微跟父母亲相拥而泣。

将迟微的行李卸下车搬进屋后，只见陶雨微笑着说道："迟教授、迟伯母，我已将小微平安地接回来了，这下该放心了吧。"

迟太太不禁感谢道："小雨啊，辛苦你了。"

"唉，迟伯母，说哪里的话，我一点儿都不累。迟教授去您的书房，我有话跟您说。"

在书房坐下后，他们便聊起了之前在机场的轶闻趣事……

"可乐到！"正说时，只见迟微端着饮料走了进来。

接过迟微递来的饮料，陶雨笑语逢迎："ありがとう！"

嫣然一笑，"不客气！"见她转身回首的姿态，实在是酷似王丽。这时候，陶雨在迟富教授的耳边轻声说道："迟教授，您难道真的不认为小微的容貌像极了王丽吗？"

依旧见那迟富教授不以为然，"唉，人世间长相貌似的太多了，或许小微她跟王丽只是巧合罢了……怎么，小微她不讨你喜欢？"

"嗯……我当然很喜欢小微了，只不过……"

这会儿只见迟微跑了过来，"Hi——吃饭喽！"说着，她便挽起了陶雨的胳膊。

"嗯？爸，您的腿怎么啦？"迟微见父亲行走异常便关切道。

只见迟富教授摆摆手回道："没什么，不要紧的，这还是多年前，在试验时不小心给砸伤的。"

迟微赶紧快步过去扶着父亲，关心道："爸，那以后可要当心哦，瞧您都这么大岁数了，该退休在家享享清福啦！"

在一旁正张罗饭菜的迟太太不禁幸福地乐道:“瞧瞧,咱们的女儿多有孝心啊,这不刚回来就关心个不停。”

迟富慈祥地望着女儿,微笑着说道:“是啊,我们的小微长大了,现在已是大姑娘,再过几年就要出嫁了!”

此时,迟微不禁羞涩地红着脸,沾沾自喜道:“女儿这些年来一直在日本生活,未能伺候爸爸妈妈,以后我呢要好好孝敬你们。陶雨哥,坐这边来,我跟你坐在一起。”

这时候迟富教授询问道:“小微啊,跟爸说说你在东京大学都怎么样啊?”

只见迟微默默回道:“虽然按爸您的意见读的是法学,可是我觉得自己更适合学美术啊。今年春季我业余时作的一幅画,在东京还获了奖呢……”

言语间,陶雨不禁吐露道:“对了,王丽她以前也是学美术的……”

此刻却见迟微心中不快,“哼! 又是王丽……陶雨哥,今天在机场你把我给认错了,得罚酒三杯!”

斟满酒后,只见陶雨爽朗笑道:“好! 今日为你这只海龟洗尘,我再敬你三十杯!”

迟微不禁乐道:“哇! 我遇见酒鬼啦!”

“小微,下个月你的伊琳姐姐要结婚了,你可以去做她的伴娘啊。下午我要去她那里,你也去吗?”

“嗯,这个伴娘我是做定啦!”

在一旁乐不拢嘴的迟教授夫妇笑道:“快吃饭吧,刚回来不累嘛。”

午后两点多钟的时候,陶雨驾车陪着迟微来到了陈伊琳的婚房。只见陈伊琳与王石珂的新婚之居,布置得雍容华贵、温煦典雅……

迟微不禁沉醉其中,“哇啊! 好漂亮哦。”

见陈伊琳和王石珂走下楼来,陶雨便牵着迟微的手走了过去,喜笑颜开道:“伊琳、石珂,你们看谁来了?”

“王丽、姐姐!”这会儿陈伊琳和王石珂见到了陶雨身边的这个女孩,不禁都目瞪口呆、惊讶不已!

在一旁的陶雨心中不禁念道:哦,天啊! 我又得大费唇舌了。

果然不出所料,这时候只见迟微鼓着小嘴,醋意大发,气恼道:“哼,又是王丽! 我是迟微啦,不是王丽! 现在啊,我得随身带着复读机啦!”

“唉! 伊琳、石珂,她的的确确就是小微并非王丽。”只见陶雨苦笑着摇摇头回道。

陈伊琳依然困惑迷惘不已,“她是小微? 怎么长得跟王丽似的呢,上个月我还在冷室中看过王丽呀……”此时若是迟微一个人过来,非得吓死一群人不可!

“我也不知道这到底是为什么,上午在机场的时候我也把她当成王丽了,还亲吻了她。”

站在身旁的迟微忙扯了扯他的衣角,不禁羞涩红了脸,娇嗔地喊道:“嚎——,你还到处宣传啊!”

这时候，只见陈伊琳连忙歉意道："小微妹妹，真是对不起啊！"

无奈，迟微只好微笑道："唉，习惯喽！So don't say sorry，我要做你的伴娘嘛。"

陈伊琳欣然答应："好啊，谢谢你！"

深夜里皎洁迷人的月光伴奏着微风荡漾，心醉人间。开着车送迟微回家，陶雨正要为她系安全带时，只见鬼魅的光影照在她的脸庞，将他迷醉了。这不禁让他追忆起当年，那次与王丽一起月光下的浪漫……

凝望间，使得迟微面红耳赤，她娇声娇气道："陶雨，你怎么了？"

"我想吻你一下……"他之所以会有这样久违的冲动，缘由此时已经将她当成了王丽，这不由得使之心猿意马。

"啊……"此刻，只听她的心房怦怦乱跳！

"我没有别的意思，只想亲吻一下你。"

"哦……"迟微闭上了眼睛，娇羞带怯地依偎着他。幽幽的暗香不禁让陶雨将她抱紧在怀里，温厚的嘴唇深深地亲吻起她……那埋藏十九年的情欲，在这一刻复燃了那颗冰封太久的心。

这一夜陶雨并没有归家，依然回到了实验室里，陪伴在王丽的身边。今天发生了如此的奇闻轶事，不禁让他感怀伤时，"……王丽，你知道吗？迟教授的女儿小微回国了，她居然长得跟你一模一样，从前你的一言一行都能在小微的身上找到。王丽，这使得我无法不把她当作你，一天下来我确实欣慰了许多。但是，她终究是小微，而不是真正的你……王丽，你醒来吧！我祈求你赶快醒过来，你已经睡了十九年了，该醒了……”

梦回几转泪轻淌，肠断千节心未死。

幕幕往事不禁让他肝肠寸断……

晨曦时分，朝霞万里。

清早便见迟微来到陶雨的家里找他……昨天深夜里被他吻了，不禁让这个清纯少女彻夜难眠、心花怒放。

城市南郊福宏大学的生物实验室里，突然间听到迟微那娇声呼喊道：“陶雨、陶雨哥，你在里面吗？”

朦胧中他不禁惊醒道：“王丽！……啊，小微呀。”

跑进实验室后，只见迟微喃喃细语道：“陶雨哥，你怎么在这里呀，我还去你家里找呢。”

见她行色匆匆的样子，陶雨便关切道：“怎么了，发生什么事了？”

一边参观着实验室，一边漫不经心地说道：“嗨，没发生什么啦，还不就是被人家当成王丽给误会了。真讨厌，王丽她有那么红吗，粉丝还真多！不过呢，好多人都被我给吓晕啦！”

“好多人都被你吓晕？那我妈没事吧！”

“她被送去急救啦！”

“啊！哎哟妈呀，我得赶紧去医院看看！”

“哎呦，骗你的啦！伯母她没事。”说着只见迟微开心地挽着他的胳膊，撒娇道：“陶雨哥，你今天陪我去买礼服好吗？”

“礼服?”他疑问道。

水灵的大眼睛娇美动人,“伊琳姐不是要结婚了嘛,我作为她的伴娘,所以得认真准备一下嘛!”

一边聊着,他们便走到了实验室的冷室外,只见迟微好奇地问道:“冷室! 里面是什么啊,冰激淋吗?”

“里面是……”这会儿他还真不方便告诉她冷室里面的秘密。

“我进去参观一下啊。”见那迟微未等陶雨把话说完,她便走进了冷室。

此时陶雨想要阻止却也来不及了,“喂——小微,不要进去!”

蓦然听到:“啊——有个死人啊!”

闻之,陶雨赶紧跑向冷室,不料被迟微撞个满怀,“哇!”只见她扑在陶雨的怀里,娇声哭诉道:“好痛哦! 陶雨哥,有个死人躺在里面,吓死我啦!”

“别怕、别怕……小微,里面不是什么死人,她就是王丽啊,正在休息着呢。”陶雨努力地安慰道。

片刻后,见迟微惊诧道:“她就是王丽啊!”

“对啊,你跟她长得还很相像呢。”

又见迟微疑神疑鬼道:“好可怕哦! 为什么会这样啊?”

却见他摇摇头回道:“我也不清楚这到底是怎么回事。小微,你知道吗? 就连你的声音和走路时的姿态都跟王丽她十分相似。”

说得迟微毛骨悚然、惊恐万分,她不禁追问道:“好可怕哦! 我、我跟她是不是有什么关系啊？她死……睡了多久了？”

“差不多有十九年了，你多大她就睡了多久。小微，我陪你进去看看她吧，不要害怕，因为她长得和你一样，都很美丽，有张可爱温柔的面孔。”

“我、我……你在前面走啦……别拉我啊。”

静默悄然地来到冷室后，陪着她坐在王丽的身旁。再度见到王丽，不禁使得迟微不寒而栗，躲进了他的怀里。“王丽，有人来看你了，和你长相一样的小微。”“啊……果然是个惊心动魄的女鬼！王丽她竟然真的跟我长一样嗳，好奇怪哦……嗯，这里面放了好多花啊？”见到王丽的周围摆满了鲜花，迟微不禁惊讶了起来。

悲喜交加之际，见他娓娓道来：“这十九年来的每一天，我都会在王丽的身边放上一簇鲜花，希望她能早一天苏醒过来。在这实验室的周围，我种了好多种春夏秋冬四个季节的花卉。小微，我们到外面去采一簇鲜花来好吗？”

“哦，好啊。”

这会儿却见迟微有些失魂落魄的样子，低着头跟在他身后悄悄地离开了冷室。不多时候只见她喃喃自语：“我要是能有这么浪漫的爱情，死了也值得啊……”噢？小美女情窦初开，要得相思病喽。

片刻后……

“喂、喂！”见她在一旁傻傻地发着愣，他便大声喊道。

只见她惊呼道：“啊！干嘛？”

看着她那副萌嗒嗒的模样，陶雨便笑道：“干嘛？大白天的，你发什么愣啊？今天不是要我陪你去买礼服的嘛，不去啦？”

“哦，好啊……”见她默默点头回道。

见她的脸色颇有些苍白，他便关切道：“怎么啦，身体哪儿不舒服吗，是不是刚刚在冷室里着凉了啊？”

“没有啦……”突然间迟微变得淑女了起来。

福宏区的国际服装城。

在一家品牌店中挑选着伴娘的礼服，迟微那袅娜娉婷的妙曼身姿，弄得陶雨眼花缭乱，使他情不自禁地回忆起了当年。

“陶雨哥，你别光傻坐着呀，帮我挑选一下嘛。”

“哦，可我不太懂伴娘礼服嗳。”

“呵呵……只要你认为好看就 OK 啦！”

“小微，你看这套可以吗？”

却见迟微摇摇头回道：“不可以，那款式早就过时啦！”

这时候，店里的服务生说道：“小姐，这款式三个月前才在日本推出啊……”

话音未落，便听迟微惊呼道：“三个月？早已经 out 啦！哈、哈……”

站在一旁的陶雨不禁乐道：“呵……那小微妹妹，你左边那款粉红色的总该满意了吧？”“嗯……款式倒颇为大气典雅，但是颜色搭配得好像不太协调嗳。陶雨哥，你看我穿的这套好看吗？”呵！这丫头还真能挑三拣四呀。

“唉，又不是你做新娘子，干嘛打扮得要比新娘还要美啊？还是不要喧宾夺主的好……”

话音未落，只见迟微的一个华丽转身，迷人的双眸深深地媚了他一眼，“嘻……我喜欢！”

那一眸不禁唤起了他对王丽的追忆——楚楚动人的眼眸，眉目传情……

正巧在这个时候，SBC 卫视的王少庭见了他俩，便走了过来问候道：“小雨，在买衣服啊……丽丽？”眼前的女孩儿，长得竟跟他的女儿是一模一样，这不禁叫他目瞪口呆、舌挢不下。

见又一叫她王丽的人，迟微不禁鼓起了小嘴巴，艴然不悦道：“丽丽？我叫迟微，真是莫名其妙！你是谁呀？”

在一旁的陶雨赶忙打圆场，微笑着说道：“哎哟……小微，你怎么给忘了，他就是你王少庭伯父啊，你的名字还是王伯父给你取的呢。”

这会儿王少庭才回过神来，幡然醒悟了，忙歉意地笑道：“小微！哎哟……瞧我怎么给忘了，一转眼都长这么大了！这孩子长得太像……”

“太像王丽啦！哼……每个人的心里面就只有王丽，而我生来就是多余的，我要回家！”迟微接过话茬发飙道，看来大小姐真的生气了。

说完迟微气呼呼地转身就走，陶雨忙喊道：“喂！小微，那些衣服还要不要啊？”只听她抛下一句：“全部带走！”随后她连头也不回，带着那般孩子气离开了。

“小微,千万别生王伯父的气啊。”

“伯父,真是对不起啊,小微她昨天刚回国,可能还不熟悉……”

王少庭依然和蔼地笑道:“噢,没什么! 我明白,你快去吧,再见。”

待陶雨走后,王少庭默默地叹道:迟教授的科研成果真给力啊!

带着衣服付完款出来后,却发现他的跑车不见了,心中不禁念道:八成是被小微开回去了,唉! 这个小丫头真难伺候。

这时候天空下起了雷雨,陶雨只好乘出租车回去了。

看到他的车子停在了院子里,陶雨赶忙问道:“迟伯母,小微她回来了吧?”

“她呀! 一回到家就在楼上发脾气呢。”

见他露出一脸无奈的笑容:“呵……噢,我去看看。”

来到楼上后便看到一块醒目的牌子,上面写道:我是迟微,不是王丽!

读后见他微笑着摇摇头,故意大声念道:“我是刺猬,不是王丽。”只见迟微得意忘形道:“对! 噢? 不对! 讨厌啦,竟然说我是刺猬! 好啊,那我可要刺你啦——站住! 别跑……”这会儿嬉戏打闹的场面,正如当年他跟王丽在一起那甜蜜的情景。

第十五章

今天是王石珂与陈伊琳大喜之日，见那结婚礼堂布置得雍容华贵、喜庆典雅，宾朋满座，欢乐融融……

陈伊琳的母亲陈蔚宁，姨妈陈蔚静围在她的身旁，她们不停唠叨着："伊琳啊，婚纱要不要再换一套？另一套的款式跟项链搭配会更好些……"却见陈伊琳不胜其烦道："妈、姨，不用麻烦啦！我觉得挺好的嘛。"

在一旁的迟溦可是乐此不疲，"伊琳姐姐，你今天好漂亮哦！"

"小溦妹妹，你今天也很漂亮啊！唉，原来结婚这么辛苦……"

“呵呵,难怪听人家说婚姻是爱情的坟墓,好糟糕哦!”

“糟糕什么?我陈伊琳可是明智之举,若是不结婚那才更糟糕呢,要知道如果没有婚姻,那么爱情将死无葬身之地!”

这时候,陈蔚静在一旁不禁怨声载道:“大喜日子什么死不死的,多不吉利啊!伊琳,你表哥他人呢?”

只见迟微抢答道:“陶雨哥他在礼堂里跟同学聊天呢,我去瞧瞧!”说着,便见她径直奔向结婚礼堂。

礼堂里灯火辉煌,正是一派沸反盈天的场面,“陶雨,我们同学这么多年没见了,你依然是英雄本色、魅力不减当年啊!”

“是啊,我们都满脸皱纹、人老珠黄了。你竟然这么年轻,还跟大学时一样!”

“有什么保养秘诀吗?”只见林利南在一旁打探道。

“秘诀?秘诀嘛就是……”这可将陶雨给问住了。

“就是什么?”一群人穷追猛打,欲问个究竟。

迫于无奈,陶雨只好调侃道:“就是爱情喽!要知道爱的能量可是无穷无尽的,可以使人永葆青春、长生不老。”

面对他的侃侃而谈,随即引来一阵欢声笑语:“哈……对了陶雨,这么多年来你都待在实验室里,为了王丽舍弃了那么多,你不感到孤单寂寞吗?”

“当然不会啦!有我呢……”蓦然间,迟微从人群中跳了出来。

“王、丽!”这一刻人群爆炸了。

“哼！拿牌子来！”——我是迟微，不是王丽！

为陈伊琳的婚礼操劳到了深夜，陶雨方才回到家躺下，今天可把他给累得疲惫不堪……突然间听到一阵急促的电话铃声：“叮呤呤！叮呤呤……”

这么晚了会是谁打来的电话，因何急事呢……只见他迷迷糊糊地拿起了电话，“喂，哪位？”“小雨，小微她、她……”这会儿听到迟太太仓促地说道。

“小微她怎么了？迟伯母，您慢慢说。”

“小微她昏倒了……”

“昏倒了！怎么这样啊？”

“电话里也说不清楚，小微她现在已被送往恒宁医院了……”

“噢，我马上到！”陶雨挂了电话后迅速穿上衣服，开着越野车直奔恒宁医院。在途中，他心急如焚地念叨：怎么搞得？在婚礼上还活蹦乱跳的，为何突然间她会昏倒……

来到恒宁医院后，陶雨见迟教授夫妇正焦急地站在急救室外面。“迟教授、迟伯母，小微她现在怎么样啊？”

只见迟富教授焦虑地叹道：“唉！还在里面急救呢。”

“好端端的怎么会昏倒呢，到底要不要紧啊？”

见迟富教授摇摇头回道：“暂时我还不清楚，稍安毋躁。”

这时候急救室的门开了，见护士将仍在昏迷中的迟微推了出来。只见迟太太迎上去急切地询问道:“小微、小微! 医生,我女儿她怎么样啊?”

见一位医生回道:“你们是病人的家属吧? 哦,这不是迟教授、迟太太吗,请你们到我的办公室来一下。”

在一旁的陶雨说道:“迟教授、迟伯母,你们去吧,我到病房照看小微。”

坐到迟微的病床跟前,终于得以静下心来好好看看她……嘴唇、鼻子、睫毛、眉宇间的那般神韵,不禁让他相信迟微就是王丽。

不多时候迟微醒了,见她迷迷糊糊地睁开眼睛,“陶雨哥……”

“小微你醒了,感觉怎么样,好些了吗?”

睁着那双水灵的眼睛将四周打探了一遍,慢声细语道:“我全身毫无力气,好累哦。这不是医院嘛,我怎么会在这里?”

瞧见她的气色渐趋好了起来,便松了一口气,他疲倦地回道:“你突然间昏倒了……”

“昏倒了? 我身体一直都很棒的呀,怎么会突然昏倒呢,奇怪……呵呵,陶雨哥,你的眼睛好红哦,好像小兔子的眼睛嗳!”此时此刻,她倒是轻松悠闲了起来,这可累坏了人家陶雨,“唉——”他快困疯了。

约莫又过了一刻钟,见到迟教授夫妇来到了病房。“小微,你可醒了! 快告诉妈你哪儿不舒服啊?”

这下迟微干脆一步到位撒娇道:“妈——我全身都不舒服!”

见女儿的气色慢慢红润了起来，迟太太便安心了。

迟富教授见陶雨一脸的疲倦，便关心道："小雨啊，你也累了，回去休息吧，这里有我们也就够了。""迟教授、迟伯母，还是你们先回去休息吧，年轻人没有关系的。"说时陶雨便靠近迟富教授的耳边，轻声问道："迟教授，刚刚医生怎么说？小微她是怎么一回事，到底要不要紧啊？"

迟富教授犹豫了一下，"哦……也没什么，小雨，那我们就先回去了，这里就麻烦你照看了。"说着，迟富便在迟太太的搀扶下离开了病房。

迟微见父亲跟陶雨窃窃私语，她便疑神疑鬼道："干嘛呀，这么神秘兮兮的！你们有事瞒着我，我是不是得了绝症啊？"

却遭陶雨冷嘲热讽道："没什么就没什么嘛！小丫头问那么多干嘛，快睡吧。"

不想她这会儿可精神头十足，"可我现在一点儿都不困，我不想睡觉啊。陶雨哥，我要你唱歌给我听！"呵，雅兴不小啊！还要对酒当歌呢，干脆再来个吟诗作对吧！

瞧她忘乎所以，胡搅蛮缠的样子……在这里透露一下：陶雨有个坏毛病，如果睡眠不足，他的脾气会变得很坏。果然不出所料，他那张苦笑的脸突然间变卦，佛然作色道："小—丫—头！我都快困死啦，你还要我唱歌？"

"干嘛这么凶啊？"

"呵呵，对不起，大小姐！您刚刚不是说自己很累嘛，那你还不闭上眼睛睡觉！还有心思听演唱会?”

可迟大小姐却并不买账,依然要赖皮,“不嘛！那就唱一首歌好不好嘛,陶雨哥求你啦?”这丫头怎么突然间对音乐感兴趣了,不是喜欢美术的嘛,这还琴棋书画样样不落！

“好过分哦！你不睡啊,那我可要休息啦。唉,说到唱歌？自从王丽她离开后…… 十九年来我就一直没唱过歌,现在我哪里还会唱歌呢……”迷迷糊糊间,陶雨便躺到旁边的椅子上,倒头就睡。

可迟微依然不依不饶,见她没完没了唠叨着,“喂！陶雨哥、陶雨,你不可以睡觉的！如果我突然间再昏迷了过去怎么办啊,你可是答应我妈守着我的哦。”此刻,她暗自叫嚣道:哼！你没辙了吧？活脱一个周扒皮在世啊!

一席话惊醒梦中人,只见陶雨坐了起来拍了拍脑袋,提提神后苦笑着说道:“哎哟……对、对！不可以睡觉的,你笑什么嘛?”见她又得意忘形了,倒过来却冷他一句:“没笑什么就没笑什么嘛！哈、哈……陶雨哥,你这样看着人家,叫我怎么睡呀?”话语间,她却抿着嘴唇施了一个眉眼,倾城一笑。

只听陶雨慢条斯理地回道:“我不看着你,昏迷了怎么知道呢？现在监护仪显示你很正常啊。你现在呢,只要静静地闭上眼睛……”

“嗯……哎呀——人家的脸都被你看红啦。”这丫头闲心还挺大的。

“没有红啊,小微,你的脸色好苍白哦,还是赶快休息吧。”

“哦……陶雨哥,晚安!”

“安啦!”

黎明时分,苦苦煎熬的陶雨连喝了数杯咖啡,方才坚持得住。半睡不醒迷糊间,他那眼角中流露出了慈祥心语:或许小微真的跟王丽有渊源的关系,亲情感那么强……

“小雨、小雨……”清晨的时候,迟太太来到了恒宁医院。

“啊！迟伯母,您来了。”在这刻陶雨他却打盹了。

迟太太放下挎包和早饭,走到了女儿的病床跟前,将被子整理了一下。只见她揪着心说道:“小微怎么会得这病呢？唉！瞧这孩子的脸色好苍白……”

踌躇了片刻,陶雨问道:“迟伯母,小微她到底是怎么回事啊?”

“你那迟教授正为这件事操心呢……唉！小雨啊,真不好意思,让你守了一夜,累坏了吧？快把早饭给吃了吧。”

“我没关系的,小微她……”

这会儿见迟太太萦怀道:“她的事你就别操心啦,你还是赶快儿回去休息吧,这儿就交给我好了。”

此刻的陶雨深感疲惫不堪,“噢,迟伯母那我就回去了,晚一点再来。”说着,只见他踉踉跄跄地向外走去。

“唉,小雨,你小心点……”

刚走出恒宁医院的住院楼,陶雨碰巧遇到了张寅寅和夏小雪两个人。他正愁着自己疲劳过度无法开车回家,正巧她们来了。他赶紧请求支援,“寅寅、小雪,麻烦你们开车送我回家吧。我快要累死了,一会儿我睡着了,你们千万记住别把我吵醒啊。到家后让家里的师傅把我背到床上就可以了。啊——我快困疯啦!”说着便见他倒在车后排的座位上,呼呼大睡了起来。

“喂,陶雨?喂!喂……哇,这么快就睡着啦,我还想跟他打听小微的情况呢。”只见夏小雪无奈叹道。

张寅寅也失望地说道:“我也是哦……小雪,我们还是先送他回家休息吧,瞧他疲惫不堪的样子,肯定累坏了。”

夏小雪点了一下头,微笑着回道:“嗯,寅寅姐你来开车吧,我去扶着他。”

送陶雨回到家后,他便从朝色朦胧的清晨一直睡到夕阳西下……张寅寅去了医院看望迟微,而夏小雪则是留下来陪在陶雨的身边。

在庭院中,陈蔚静与夏小雪聊着天。说时她们不禁追溯起了十九年前的往事……“小雪啊,瞧伯母现在多孤单寂寞,整天身边连个亲人都没有。我那唯一的儿子真是鬼迷心窍了,宁愿守着一个死人也不肯来陪我。唉!莫非前世是我作孽了……”“伯母,您千万别这么说啊,这世上能像陶雨他那样的好男人,真是屈指可数了,您要为他感到骄傲才是啊。我相信他和王丽的爱情一定会感动上苍的……王丽会复活的!”“唉,王丽这孩子不知是否真的能复活过来,上个月小微来我们家找小雨的时候,我还真以为是王丽那孩子呢……可惜、可惜啊……都已经过去十九年了。眼下如果小雨他再不接手陈氏集团的话，那集团将很可能发生变故，这叫我怎么对得起父亲一手创立的基业啊。”

“伯母，您不要难过了，一切都会有转机的，如果您要是感到孤单寂寞的话，那我以后就常来看您！”

“那好啊，现在终于有个人愿意和我说说话，作个伴了！小雪啊，你以后就做我的干女儿吧？”

“嗯，干妈！”

“瞧瞧我俩多有缘分，我这干女儿可要比我那亲儿子要孝顺体贴多了。”

“伯……干妈，您可别这么说，其实陶雨……哥哥他也很孝顺您的，只是他很忙，没有时间而已啊。”

“哎哟，还是我干女儿嘴巴甜啊，讨人喜欢！啊……好多年了，都没有今天这么高兴过，哎呀！瞧天都快黑了，小雨他也该醒了吧。”

“干妈，那我今晚就下厨为您做几道拿手小菜吧。”

“哎哟，我干女儿还真是心灵手巧啊，竟然还会下厨！”

夜幕降临，陶雨睡醒后便下楼来，坐到了餐桌前，“妈，晚上好！嗯？妈，您今天怎么这么开心啊？”

“你这没良心的小子，以后不回家我也不管啦！”

“呵呵……妈，您又怎么了？”

一阵佳肴飘香，“哇，好香啊！”

这时见夏小雪从厨房走了过来，她端着精心烹制的牛排放到了他的跟前,“哥哥,你醒了,一定饿了吧,那你最喜欢的牛排!”

见陶雨伸个懒腰,“啊!一天了,真的饿了啊,谢谢你小……你刚刚叫我什么,哥哥?”

“对啊,从今天起我就是你的妹妹啦!”

“妹妹?哎哟,一觉醒来就多了一个妹妹啦?”

“怎么你不愿意啊,小雪可是妈刚认的干女儿。”

“噢,我当然愿意、愿意!我还正愁没人替我陪伴您呢。”

晚餐过后,陶雨又和夏小雪驱车前往恒宁医院。

“小雪……妹妹,唉!我还是习惯叫你小雪,都叫了十几年了,突然间还真不好改口呢。”“随便你喽,我高兴的时候叫你哥哥,生气的时候还是叫你陶雨!”“哇!那你以前都在生我气喽?对了,你瞧陈伊琳都已经结婚了,林利南和张寅寅人家孩子早有了。小雪,你什么情况啊?你的男朋友好久没见了。”“唉——又吹了!早已经分道扬镳各奔东西啦!”“啊,这么快呀!这些年你谈过的男朋友合起来都快成一个加强连了……唉,不过你也别灰心啊,我呢还有个朋友,他的条件也很不错,海龟一族……”

“别、别……人家还没从失恋的阴影中走出来呢,所以啊,暂时还不想有人闯进我这颗脆弱的心。”

“哈、哈……”

“笑什么,再笑我可跳车啦!”

恒宁医院。

见迟微的病床边围着好几个大夫，陶雨急切道："迟教授，小微她怎么啦？"

"唉！情况变得严重了，医生正在抢救呢。"

"怎么会这样？今天早上我走之前她还是好端端的啊！"

"情况有变啊，小雨，我想和你单独谈一下。"

跟着迟富教授来到了医生的办公室里，"小雨，事实上小微她患了白血病！"

"啊！怎么会得这种病呢……白血病？好熟悉啊……哦，对了！当年王丽得的就是白血病，而且就是用我的骨髓去移植医治的。那现在小微该怎么办啊，到哪里去找可以与她配型的骨髓呢，中华骨髓库有吗？"

见迟富教授犹豫了片刻，踌躇地回道："呃，这个……不用再去找了。小雨，你的就可以与小微的骨髓配型。"

话音未落，陶雨不禁惊诧了起来："啊！我的，怎么又是我的？"倏忽间见他困惑万分。

只听迟富教授努力地劝导着，"小雨啊，你小微妹妹她现在很危险，我没有时间向你详细解释了，希望你能够……"

"哦，用我的骨髓去医治小微的病，我当然也没意见了。只不过……现在让我感到好迷惘！小微她跟王丽是不是有什么特殊的关系呢？"

片刻后，迟富踌躇不决道："嗯……待小微她病好了之后，我想整个事情的原委也该告诉你了。对了，瞧这是你跟小微的骨髓数据，做骨髓配型很吻合;还有小雨啊,你母亲蔚静她对此事不会反对吧？你也要多征求一下她的意见才是。”

“这点您就放心好了,妈会支持我的！您就尽快安排手术吧,我会全力配合的。如果您没有别的吩咐,我就去照看小微了。”

“好,这我就放心多了,我也该去做一些准备了。”至此,迟富不禁松懈了一口气。

这件事弄得陶雨心神不宁、疑神疑鬼的,只见他来到了病房后便关切道:“迟伯母,小微现在怎么样了,她还没醒吗?”

“是啊,瞧这孩子的脸色多苍白,唉!”迟太太忧心忡忡地说道。

这会儿突然间听夏小雪惊呼道:“小微她醒啦!”

走近病床前却见迟微鼓着小嘴巴,郁郁不乐的样子。陶雨牵挂道:“你醒了,感觉好些了吗？哇！干嘛这么瞅着我?”但见她爱答不理地闭上了眼睛,可嘴唇依然在抿动,唉！小美女生病真不好伺候啊。

“迟伯母,您也累了一天了,回去休息吧,这里就交给我好了。小雪妹妹,你跟着去照顾一下伯母吧。”

“小微她现在这个样子,叫我怎么放心回去呢……”

这时病房的门打开了,迟富教授走了进来。观察了一会监护仪后说到:“奇怪了,这各项指标又都正常了……老伴啊,我们还是先回去吧！这儿有小雨守着,小微她不会有事的。走吧,回家洗个澡换身衣服。”

“是啊,迟伯母您就和迟教授回去休息一下吧,你们都是上岁数的人了,要保重身体才是。小雪啊,好妹妹麻烦你开车送一下。”

“好的,哥哥,你放心吧!”

夏小雪开着陶雨的越野车将迟教授夫妇送回了家。

送走他们后悄悄关上了病房的门,陶雨回头望了迟微一眼,心中不禁疑惑道:奇怪了,怎么我刚来到病房后她就醒过来了?

“喂,大小姐!你又哪儿不舒服啊?”

却见迟微艴然不悦道:“我爸妈走了吗?”

见她那副可爱生气的模样,陶雨微笑着回道:“走了,哇!又在生谁的气啊?”

“你呀!”

“我?”

“是啊,答应守着我的,可你却说话不算数走了,你耍赖皮呀?”

“呵!你这小丫头想要累死人啊,我可是苦苦守了你一整夜嗳!”闻之憬然,不禁使她惭愧尴尬了起来:“哦……哼,你对我一点都不好!”

“又怎么了啊?我那辆超跑都送给你了,还说对你不好!”

片刻后,却见她转移了话题:“哼!刚刚你和小雪姐姐,你们之间卿卿我我的,哥哥、妹妹的叫得那么亲热!有考虑过我的感受吗,当我是空气啊?”

“什么乱七八糟的啊!小雪是我妈白天刚认的干女儿。”

“哦,是这样啊。嘻嘻……”

“笑什么?”

“没什么啦!”

“对了,你该吃药了。”

服完药后,只听迟微情愫道:“说真的,陶雨哥只要你一离开,我就感到全身犯困,遂即头晕目眩,所以很快就会昏迷过去的。”之所以会有这种神秘的现象,缘由是陶雨脖子上挂的蓝石头所辐射出来的生命之光。

却见他毫不经意道:“哇,真的假的?”

只见迟微认真地回道:“难道你不相信我吗?这是真的……”

这会儿见他蹲下身来,靠近她的脸庞微笑着安抚道:“好啦,我相信就是!小微,你饿不饿想不想吃东西呀?”

“想!”她点了一下头回道。

“那你稍等一会儿哦,我这就去买。”

“你要快点回来呀!”此刻,她还真担心陶雨离开后,自己又会昏迷过去。

恒宁医院附近的一家面包房里,陶雨买了一份点心。突然间,他的耳边回响起迟微的话来:“只要你一离开,我就感到全身犯困,遂即头晕目眩,所以很快就会昏迷过去的……”想到这里,心中便有种不祥的预感,只见他迅速赶回恒宁医院冲进了她的病房。

果然不出所料,病房里的监护仪正“嘀、嘀”响着警报,只见迟微正无力地呼喊着:“陶雨……”

见陶雨赶紧扶着她,急切道:“小微、小微!你怎么了?”

过了片刻儿,监护仪的警报解除了。

但见迟微的额头上冒出了许多汗珠来,她软软地躺在他的怀里。这时候陶雨的心中默默念道:原来小微说的果真不假,这叫我以后都不能离开她了。奇怪,难道我身上有什么超能量?见他从头摸到脚却也没发现什么……

翌日,清爽的晨风徐徐吹来,摇摆着枝繁叶茂的玉兰树。晨曦跳过玉兰花,映画在墙上。迟微傻傻地坐在病床上,欣赏着这窗外的风景……“陶雨,你告诉我,我到底患得是什么病?”她那深沉的音调酷似王丽,将睡梦中的陶雨给惊醒了。

“王丽!”

“你又梦见她了?”

“小微啊,你这么早就醒了,感觉好些了吗?”

“我到底得的是什么病?你快说啊!”

“你真的很想知道吗?”

“当然啦,你快告诉我。”见她心急如焚的样子,但又知她天生胆怯,故陶雨还是让她先有个心理防火墙,“我告诉你呀,但你不要害怕哦,是因为你的骨髓出了问题,现在骨髓中的造血干细胞不能正常造血了。呃……就是白血病了。”

“啊——白血病!我是不是没救了,快要死翘翘啦!”不料,她还是被吓坏了。

见状,他赶忙安慰道:“你先别紧张嘛,我的话还没说完呢。现在呢,我和你的骨髓是可以配型的,也就说医生可以通过移植我的骨髓来医治好你的病。”“真的吗?”可她依然是将信将疑,长叹了一口气,“我身体一直都很棒的啊,怎么会得白血病呢……”

“我也不知道啊,不过嘛,有一件事……”

“什么事啊?”只见她关切追问道。

“曾经王丽也有过白血病,而且她也是用我的骨髓去医治的。”“啊!她也有过白血病,同样是用你的骨髓来医治的?那我的骨髓岂不是跟王丽的一样吗……我们长得又是那么的相像,她跟我一定有莫大的关系!”

“王丽她本来是可以被医治好的,唉……”

往事一幕、悲欢离合,风花雪月、伤春悲秋……

第十六章

（大结局）

世间上最美的是生命，有了生命花朵才争奇斗艳，天空才轮回得更蔚蓝。生命要与茂密的森林、奔腾的江河、波澜壮阔的大海化为一体……

这日陶雨和迟微被护士缓缓的推进了手术室，当年他跟王丽的那一幕又重演了。

手术后……

看着儿子再一次捐髓救人，不禁让陈蔚静心疼不已。“小雨啊，你醒了，跟妈说说你哪儿不舒服啊？两次捐髓救人，真难为你了。”

恍惚间，见母亲的头上多了几丝白发，陶雨不禁萦绕心间、愁绪绵绵。只见他勉强地微笑着回道:“妈,又让您牵挂了,我哪儿都舒服啊。”“唉,别瞎说了,做手术哪有舒服的。”“妈,手术一切都顺利吗,小微她现在怎么样啊?”“一切都好!小微她人现正在无菌室里接受观察治疗呢。”“哦,那就好……”

蓦然间,陶雨意识到自己的身上少了一件东西,“嗯……妈,我的项链怎么不见了?”“哦,听说被迟教授拿去了。小雨啊,你刚做完手术还是好好休息吧。”“迟教授拿我的项链干嘛啊?”“唉,妈怎么会知道呢,不过据说迟教授他好像发现了什么……”

一个月后。

晨曦时分,陶雨来到了迟微的病房,只见他温文尔雅问候道:“小微妹妹,今天感觉怎么样啊,好些了吗?”

迟微漫不经心地回道:“不怎么样,好无聊哦!整天除了吃就是睡,好担心我会变胖哦。”她不时地打量着自己的身材。

陪在旁边的陶雨忍俊不禁地劝道:“呵,你现在正处疗养期间嘛,当然要注意饮食跟休息了。胖点又有什么,那不是很可爱嘛。”

“可爱?哼,决不会让病魔毁了我的魔鬼身材!所以啊,从今天起我绝食啦!”

正巧这时候迟太太端着乌鸡汤走了进来,听闻女儿又在耍贫嘴,便唠叨了起来:“绝什么食啊?”

“妈——怎么又喝鸡汤啊?”魔鬼身材保不住啦!

在一旁的陶雨附和道:“伯母心疼你嘛。”

可迟大小姐却不领情，“疼我还是害我嘛，那给你喝好了。”

“人家陶雨早喝过了，你快把这鸡汤给喝了，妈可没那么多闲功夫啊。整天伺候你这个小淘气，妈的论文都给搁置了。”

无奈之下，迟微见陶雨好对付。瞅着母亲离开后，她便诡笑道：“陶雨哥，我要是喝了鸡汤，那你可要答应我一件事……我想去公园里玩，你陪我去好吗？”

“哇，还有条件啊，可医生说你暂时还不可以出无菌室。”他这套已经降伏不了这个人精了，果然见到她吵闹道：“啊——我不管啊！再待这儿非得把我给闷死不可！”

无奈，他只好依道：“别吵、别吵啦！我说了不算，得去问一下医生啊。”见他心里默念道：唉！吵得要命，小丫头真是不好伺候！

……

“怎么样，现在我是不是可以出去玩啊？”

“呃……医生说还要再等3……”

“3分钟？3小时？难道是3天……”

“3周！”说完，只见他赶紧将耳朵堵上。

“啊——”迟微那绝望的惨叫声响彻云霄，为了避免跟她纠缠不清，陶雨便悄然离开了病房。他在医院的走廊里碰巧遇到了迟富教授，便打招呼道：“迟教授，早上好！”

“小雨啊，我正找你呢，跟我回福宏大学的实验室去。”

很快回到了实验室里。

“蓝石头?”

“对！小雨,这块蓝色的石头是哪来的?”

这时候陶雨拿起了蓝石头,慢慢地回忆道:“这块蓝石头挂在我脖子上已经有十几年了,当年我是在新城大学参加摩托车越野赛时,在途中捡到的。怎么,这块蓝色的石头有什么问题吗?”

只见迟富教授意味深长地吐露道:“这次手术时,发现你脖子上这条项链里所嵌的石头,居然使手术室里的仪器数据产生了异常。当时觉得很蹊跷,我便带回实验室来研究一番。结果发现这不是块普通的石头,而是块流星陨石。且还有内部结构,我暂时还无法将它切开来详细研究。”

这会陶雨也憬然有悟道:“迟教授,当时我捡到它的时候也认为它是块陨石,因为那里的地势环境很怪异……”

毕竟迟富教授是个敬业的科学家,凡事都得弄个清楚明白。“哦,是吗？小雨,那个地方你现在还记得吗?”

“记得啊,那个地方我很熟悉。”

“好！小雨,你去准备一下,明天我就和几个同事前去考察一番。”

烟雨霏微,空气弥漫着春泥的芬芳。

一辆越野车奔驰在辽阔的原野上,“哎哟！这是什么鬼地方啊,我这副老骨头快要被颠得散架了……”“唉,薛老您就忍耐一下吧,迟教授邀我们来说有重大发现,很快就会到的。”

这时候,见迟富叮咛嘱咐道:“小雨啊,把车开稳点,你那几位伯伯可受不了啊……”

见陶雨他感叹道:“这里本来是越野路段,难走是自然的了。想当年啊,我是横冲直撞,不巧就掉进了那个谷里。”说时,便见他苦笑了起来。

经过一番颠簸,他们终于到达了目的地。

打量了一下地形后,迟富教授不禁叹为观止道:“好大的冲击沟啊!小雨啊,把绳梯放下,我们下去勘察一下。”

谷地可能是巨型的流星陨石冲击而成,于是他们便仔细搜寻起可能遗存的陨石碎片。不多时候,只见陶雨铲出了一条小路来。“迟教授,您看当时我就是在这儿捡到蓝色石头的,记得当时的天气非常酷热,这下面却有很多的蛇在游动,瞧那边还有很多的蛇洞呢。”一行人将蛇洞挖开后,发现里面多是些蛇骨头之类的东西。他们经过仪器鉴定分析后,得出这些蛇骨头已有数百万年的历史,但是从骨骼的外表上看来却像刚死去不久。那些蛇为何能存活了上百万年,估计原因就在于这颗流星陨石上……因受过长时间的强辐射,发现这里的很多动植物长得都有些怪异。

考察了一整天,大家都累得精疲力竭、疲惫不堪。最终他们决定采集样本,带回实验室去研究。

这半个多月以来,陶雨在实验室中协助迟富教授做样本研究。一直没顾得上去医院看望迟微，这会儿还挺担心她又要耍小脾气了，他便驱车到了恒宁医院。

笑容可掬的他走进了迟微的病房，“小微，我来看你啦！”

这时候，却见她趴在病床上呜呜咽咽地哭泣着……

“呵！小丫头，哭什么？谁又惹你不开心啦？”

片刻后，忿然作色的迟微吼叫道：“我都快闷死啦！陶雨，这么多天你都死哪儿去了，扔下我不管啦……”这样蛮横地对待他，或许是其爱一个人的方式。

豁然顿悟的陶雨赶忙赔礼道歉：“哎哟，小微真是对不起啦！这些天我太忙了才顾不上过来照看你，不好意思啊！”

面如秋水，心似桃花……“哼！就知道说对不起……你知道吗？离开你的这些天，才发现我是多么的需要你。陶雨哥，以后不要离开我好不好嘛？”

“呃……小微啊，你也知道的，我要在实验室里工作让王丽尽快醒过来。所以……”

这时候，她郁郁寡欢道：“哼！王丽、王丽的……”

蓦然间言语婉约，见她诉衷情道：“陶雨哥，我不是和王丽长得一样嘛，你可以将我当成王丽啊，我、我愿意做你的王丽！”言语表白间她的脸庞倏忽泛满了红晕，一下子将他紧紧地抱住。

“啊？小微，我们之间是不可能的！我一直都把你当作小妹妹来看待……”

“不要！我要做你的女人，我爱你！”

正要亲吻的时候却被他给推开了，只见他情愫哀伤道：“王丽终究是王丽，你还是你，代替不了她！”

竟然遭到他如此的拒绝，见迟微不禁恼羞成怒道：“是啊！我是永远都代替不了王丽，但她若是永远都醒不来呢，你要空等她一辈子吗？”

话音未落，愀然不乐：“小微，你是不懂我们之间生死相许的爱情……如果再救不醒的话，那我还会苟活在这世上吗，要不了多久我就会去天堂陪她的……”

“我是不懂，可她已经死去十九年了！她还能活过来吗？你何苦要抱着一个死人不放……”

句句见血，戳痛心扉，不禁让他肝肠寸断，“小微，近来我很累，让我静一静……”

曾经发誓要陪王丽到天荒地老、海枯石烂……他驱车来到了潘洁的墓前，忧伤中不禁记忆起要救醒王丽的承诺……难道要他背叛诺言吗？

耳边也不断回响起迟微的声音：“我、我愿意做你的王丽……是啊！我是永远都代替不了王丽，但她若是永远都醒不来呢，你要空等她一辈子吗……你何苦要抱着一个死人不放……”此时此刻陶雨终于明白了，原来小微早就爱上了他，深感自己亦无能为力……

东方欲晓，花开间一束束光彩夺目的晨曦，透过云彩撒满人间。

恒宁医院的清晨，蝴蝶飞飞、花团锦簇……迟微挽着陶雨漫步泉边，这般蝶恋花景象让迟微情愫暗生道:“陶雨哥,昨晚又喝酒了? 你可要珍惜自己啊。”

这些天他的心情总飘浮不定,捉弄着百样心绪。

“叮呤呤……”突然间,他的手机响了,“迟教授……噢,我马上来!”

在一旁的迟微疑惑道:“我爸找你有什么事吗?”

“呃……没、没什么事! 小微啊,你自己散步吧,不要逛太久,早点回病房去。”

见他神秘兮兮地走了,她不禁疑神疑鬼道:“干嘛这么神秘呢?”

便见她悄然跟去……

迟富在家中的书房里正等待着陶雨……

“小雨,你来了,坐!”

见迟富一脸的慈祥喜气,他便微笑着问道:“迟教授,您有什么喜事吗?”

“小雨,告诉你一个梦寐以求的消息——王丽她可能有救了!”迟富教授喜出望外地看着陶雨说道。

这个重磅消息犹如五雷轰顶震撼人心,让他喜不自禁地喊道:“王丽有救了,她终于可以醒来了! 太好啦……”

这时候,见迟富教授郑重其事地说道:“这块蓝石头具有很强的放射性,它可以阻止动植物的衰老,而且还具有很强的超能量……”

话音刚落,只见陶雨幡然醒悟道:“啊! 难怪我还这么年轻……哇!

真是不可思议嗳。”片刻后，见迟富教授坚定地说道：“所以我决定对王丽进行解冻，然后把这块蓝石头放进激光启动器中对她身体进行高强度地照射。相信利用这一超能量能让她醒过来！”“王丽真的有救了……哈、哈，太好了！唉，我怎么就没早发现呢，害得我苦苦等待了十九年！怪不得小微在手术前，每次昏迷过去，只要我到了她身边很快就会醒过来，原来这块蓝石头有那么神奇啊……”

倏忽释然放怀，迟富认为该把女儿的身世如实告诉他了，“小雨，有件事我一直隐瞒着你……当年王丽在被送进冷室之前，从她身上提取了些活性干细胞去进行胚胎克隆试验。最终激活了DNA，同时攻克了细胞对人体全能性的限制。后来乘我太太在生病住院期间，悄悄让医生将胚胎植入她子宫内，最后生出了小微。”

“啊！小微不是您的亲生女儿，她只是王丽的一部分？”此时此刻，他不禁惊诧万分。

只见迟富教授点头回道：“没错，当年怕试验失败而误了你的一生，所以我在不得以情况下，方才出此下策。”这会儿见陶雨他不禁憬悟道：“难怪我的骨髓也可以去救治小微的白血病，原来她跟王丽是一体的……”却见迟富教授叹息道：“小微她之所以也会患白血病，是因为当年王丽的白血病尚未被彻底医治好，而给小微留下了病根。”“对哦，王丽与小微都是在十九岁时患了白血病。”

“小雨啊，还希望你要死守这个秘密……”

可惜话音未落……

蓦然，书房的门被推开——秘密泄露了！

迟微冲了进来，只见她那惊愕失色的面孔，悲痛颤抖道："我不是真正的人？而是克隆的……爸，我恨死你了！"说着，便见迟微转身跑了出去……

"小微、小微……"只见陶雨忙起身欲追出去。

"不要紧，应该没事的。小微这孩子的脾气我很清楚，她不会有事的。小雨啊，时不宜迟，我们赶紧带着蓝石头去实验室！"

那辆越野车疾速地开往福宏大学，陶雨和迟富教授匆匆地赶到了实验室准备营救王丽。

激光仪器被推进冷室后，只见陶雨打开激光启动器将蓝石头放了进去。"开始解除对人体的禁锢，完成之后立即进行照射。"在迟富教授的指挥下，陶雨开始操控激光仪器。

片刻后，"解除程序启动成功……迟教授，光波的频率选用高的还是低的？"

沉思了稍许后，迟富教授他坚定地说道："选择用低频率吧，拉长光波。刚开始应该缓慢照射，不然会有可能损伤到她的身体。"

"明白……迟教授，禁锢解除完毕！"陶雨进入了高度紧张的状态，他有条不紊地操作着控制台。迟富教授回到激光仪器的跟前，再次全面的检查了一遍，"好！开始照射吧。"

蓝石头在激光启动器中随着能量的升值，瞬间释放出一道道蓝色的光芒,那蓝色光芒最终汇聚成螺旋形的光环,包围着王丽的身体……

救人计划按部就班地实施了,又见那迟富教授千叮咛万嘱咐地说道:“小雨啊,在接下来的每一步操作都要小心谨慎,切勿出错！这个试验很危险……”

“我明白!”在任何时候陶雨都可以糊涂,惟独在此时却万万不可!王丽能否复活关键就在这刻了……

两天后。

王丽未醒……

陶雨未眠,此刻的他既焦急又欢喜,“迟教授、迟教授……”

正躺在长椅上休息的迟富教授被陶雨呼醒了,“噢,小雨怎么样?”只见陶雨他焦急地回道:“都已经过了两天,可王丽她怎么还没醒呢?”

这时候,见迟富教授起身走到了仪器跟前,检查一番后安慰道:“别急,可能是照射量还不够,再等等吧……”

突然间,听到一阵急促地敲门声,“嘭、嘭……”

迟太太进来后便急切道:“哎呀！老头子,不好了！小微她失踪了,都好几天找不到她了……”

这会儿,方见迟富教授惊慌失措了,“啊！怎么会这样子,小微这孩子能去哪儿呢……老伴啊,有没有去少庭那儿找过?”终究王少庭才是迟微的亲生父亲,此刻儿迟富担心女儿会去那儿寻衅生事。

但见迟太太回道:“哎呀！我问过少庭了,他说小微昨天上午去过他家，还说了些莫名其妙的话就走了。现在是谁也不知道她去哪了，周边我都找遍了，可就是不见小微的身影啊，她的病刚好会不会有事啊？”

慌乱之中，陶雨关切道：“迟教授，我去找小微吧！”

踌躇了片刻，迟富教授思索道：“唉！小微可能去了那里，还是我亲自去劝她吧。小雨，你留守实验室！”

“嗯，这样也好，保持联系……”

夜幕降临……

不知他们是否找着了迟微，这个女孩的自尊心从小就很强。或许人们太疏忽了迟微的感受，毕竟她已是个十九岁的女孩子。

当她知道了自己的身世，一定会难以面对，终究涉及了到人格尊严……

回到了冷室里，陶雨再一次检查了仪器——一切运行正常！他坐到了王丽的身边，默默地看着她……倏然她就要苏醒了，将重回他怀抱，温故那昔日的浪漫爱情……

夜深人静……

蓦然听到怪异的敲门声：“咚、咚……”

开门后却没看到人，当他转身时，倏忽吹来一股女子的香水味……下意识有种不祥的预感，他赶忙回过头去，但额头却被重重地打了一下，原来正是迟微！她手持棒球拍，乘陶雨不备将他打昏。

见陶雨要昏倒在地,迟微赶紧将他扶起倚靠在门上,“陶雨哥,对不起！我不想这么做的,但我不能没有你啊！可你的心中就只有王丽她一个人,而我呢只是她的一部分。若王丽复活了那我还算什么,我不要她复活!”

说着,迟微拿起棒球拍走向了冷室……“小微、小微,不要伤害王丽!不可以进去……”

此时此刻他头晕得厉害,实在动弹不得,心急如焚……

“轰——!”冷室里突然间一声巨响发生了爆炸,随即听到迟微的一声惨叫……

蓝石头在那爆炸的瞬间,释放出了巨大的超能量……这一刻,陶雨他终于跳了起来,“王丽——!”

冷室里一片烟雾弥漫……

蓝石头在激光启动器中发生了爆炸,只见地上零星地闪烁着蓝光……陶雨赶紧将所有仪器的电源给切断,打开了鼓风机驱散烟雾。

片刻之后见迟微倒在血泊之中,陶雨赶紧过去把她扶起急呼道:“小微、小微！小微……”发现自己手上全是血,试了她的呼吸已经停止了!这不禁让他惊慌失措,“啊！小微死了……”

此时此刻他整个人都愣住了,一时不知所措……

“陶雨,是你吗?”

蓦然听到好熟悉、好温馨,久违了十九年的声音,只见他缓缓回过头去,“王、丽!”她终于醒了、复活了!

睁开了她那沉闭十九年的眼睛，寻找着他……王丽恬然娴静地躺着。

这一刻陶雨他的心情已是无法言表，那激动的泪水里裹藏着深深的思楚、期盼、煎熬，珍惜……“王丽，你真的……醒了吗？我不是在做梦吧……”

“我也不是在做梦吧？若这只是一场梦，那我宁愿永远都不要醒来……陶雨——”生死相许一席话，道出了她冰封十九年的苦楚。

纤纤的玉手带着丝丝颤抖，抚摸着他那涌满泪水的脸颊。不由得她自己的脸庞也泛满了泪楚……好小心地捧着她的手，紧紧地抱她满怀生怕再失去。

……

“陶雨，这是什么地方，我睡了多久？”她那柔情的话语里，殊不知自己历经了如此的沧桑岁月。

听他情愫默念道：“这里是福宏大学的实验室……王丽，知道吗？你已经整整睡了十九年了……”

“十九年？啊，我睡了这么久……回想起十九年前的那一刻，我以为再也见不到你了，陶雨……”不必等待来生再续情缘了，诉衷情、玉箸殇，她不禁又一次地泪流满面……“王丽，从此以后不用再担惊受怕了，十九年前的那一切都过去了。现在没有人能阻止我们在一起，再也不会让你受到一点伤害……”

吻干了她的泪水，搀扶着向冷室外走去。

“啊！好多血呀……”这时候，王丽见到了倒在血泊中的迟微。

赶紧把她拥抱在怀里，见他不停安抚道：“不要怕、不要怕……”“这儿怎么会有人死了啊？陶雨……”她惊愕地呼喊道。面对黯然逝去的故人，见他悲哀道：“她是小微，刚才蓝石头发生爆炸时，她不幸被炸死了。”

看着惨死的迟微，王丽忧郁了起来，“小微她是谁啊，她怎么、怎么会和我长得一样?”无奈，他悒悒叹息道：“小微她其实是你身体的一部分，她是个克隆人……”

“克隆人！世间上怎么会有克隆人呢，我记得当时人们不都是很反对克隆人的吗?”“是啊……唉！这里面有着很曲折的故事，说来太长……”说着陶雨取了一块白布，将死去的迟微盖了起来。自古红颜多薄命，香消玉殒谁人怜。

走出了冷室，陪着她坐在长椅上夜话漫谈。王丽依靠在他那久违的怀抱里，听他诉说起十九年里的漫长故事……

东方欲晓、曙色绯红、旭日东升……

一夜之间，参透生死。她却经历了由死到生。陶雨陪着王丽走出了实验室，只见她深情地望着这花花世界、芸芸众生……

不多时候，只见不远处丌来了几辆车。工少庭、迟教授大(1)、陈蔚静、陈蔚宁、陈伊琳、王石珂、林利南、张寅寅、夏小雪等，为寻找迟微发动了这么多人。

"小微！终于找到你了,你可把妈给急坏了!"这会儿,料想迟太太是将王丽误认为自己的女儿了。

这时候,陶雨坦然自若道:"迟伯母,她不是小微而是王丽,王丽终于醒来了!"

此话一出,只见王少庭再也抑郁不住情绪了,"丽丽！你醒了……"

"爸!"父女俩噙着热泪相拥在一起……

王丽的复活,让在场的每一个人都欣喜万分。

片刻后,只见迟太太焦急道:"那小微她人到底在哪里啊?"

回头望了一下实验室,陶雨走到迟太太的身边,悲伤地诉说道:"迟伯母,您要节哀顺变了,小微她……"

话音未落,见迟教授夫妇俩惊愕道:"小微她,她怎么了?"

"昨天夜里小微乘我不备,将我打昏后闯进了冷室,她为了阻止救醒王丽而胡乱操作,结果导致蓝石头发生了爆炸,小微她……被炸死了。"

"啊……小微死了!"迟太太经不起女儿死讯的打击,顿感头晕目眩,幸有夏小雪和张寅寅及时地将她扶住。见陶雨继续说道:"随后王丽就醒了过来……迟伯母,您要保重身体啊!"

为了减轻夫人的痛苦,这时候见迟富教授劝道:"唉……老伴啊,别难过了。其实小微并不是我们的女儿,她只是少庭女儿的克隆……"

"你！你为什么要这样做？小微是我十月怀胎冒着生命危险才生下来的,她可是我的亲生骨肉啊！小微……"迟太太艴然怒斥着丈夫,此时的她已是伤心欲绝。伤心之余,只见迟富教授无奈地吐露道:"我也是为了小雨嘛！当年看他那么的悲惨，怕他会早早的英年早逝，所以我才不得以这样做的。说句心里话，我也把小微当成自己的孩子啊……”

事已至此，唯有安慰伤心。“迟教授，其实您当年没有必要那么做，知道您这也是为了我和王丽。然而造成了今天克隆人的悲剧，却令我们大家痛心疾首、百般无奈……”

的确，迟微她作为一个克隆人，即使人们能把她当作一个普通人对待，但当她知道自己的身世后，自尊心恐无法承受，定会感到非常的自卑不堪。人类社会的伦理道德、人格尊严的权利都是不被允许的。

“小微她现在还躺在实验室的冷室中。”

“女儿啊，妈来看你了，真是白发人送黑发人啊……”迟太太在众人的搀扶下，悲恸地向实验室走去。

默哀后，只见王丽情愫道：“陶雨，既然能把我救活，那现在是否可以再将小微救活呢？”犹豫了片刻，陶雨摇摇头叹息道：“不可以了，蓝石头仅有一块已经被炸毁了，再说小微的身体已经被炸坏，即使有蓝石头我想也很难再救活她。”

在一旁的王少庭说道：“迟教授、迟太太，我请求把小微安葬在我爱人的墓旁，因为她终究也是我们的女儿。”

一想起母亲，不禁让王丽哀毁骨立，“爸，妈的墓在哪儿，我要去看她。”

这时候，蓦然听到：“丽丽、少庭……”

众人转身回头，目瞪口呆——潘洁！

原来当年潘洁她并没有在那次风暴中遇难，当时她被狂风巨浪卷到了一个岛上，随后便失去了记忆。这十九年来她一直在苦寻着自己的身世，昨天夜间当她驾车路经此地时，正巧被蓝石头爆炸时所释放出来的超能量激活了记忆……

夕阳西下，黄金海岸……

波澜壮阔的太平洋掀起了阵阵惊涛骇浪，情堪隽永，也善心潮掀狂澜。陶雨陪着王丽漫步海边。“十九年了，陶雨。”“是啊，十九年了。这么多年来我一直守护在你的身边，每天在你身旁放上一簇鲜花时，我都会向苍天祈祷，祈求你能醒过来。或许我们真的感动了上苍，终于能够在一起相伴永远……”“谢谢你等了我十九年，从前我以为苍天总无情，然而我们却是幸运的一对。陶雨，答应我好吗？以后再不要离开我！”“我对着山、对着海起誓，就算真的到了天荒地老、海枯石烂我们也会在一起的！我要永远守护着你……”“天荒地老、海枯石烂，可我们的爱情未了啊……”王丽依偎着在他怀里，陶雨将她牢牢地抱紧——寻求心灵间的相知、相契、相爱，心心相印共鸣天长地久。

天若有情天亦老，与尔天荒情未了！

图书在版编目(CIP)数据

爱向太平洋/陶明阁著. —上海:上海三联书店,2015.1
ISBN 978-7-5426-4998-0

Ⅰ.①爱… Ⅱ.①陶… Ⅲ.①言情小说—中国—当代
Ⅳ.①I247.5

中国版本图书馆 CIP 数据核字(2014)第 277402 号

爱向太平洋

著　　者 / 陶明阁

责任编辑 / 冯　静
装帧设计 / 汪要军
监　　制 / 李　敏
责任校对 / 张大伟

出版发行 / 上海三联书店
(201199)中国上海市都市路 4855 号 2 座 10 楼
网　　址 / www.sjpc1932.com
邮购电话 / 021-24175971
印　　刷 / 上海叶大印务发展有限公司

版　　次 / 2015 年 1 月第 1 版
印　　次 / 2015 年 1 月第 1 次印刷
开　　本 / 890×1240　1/32
字　　数 / 180 千字
印　　张 / 7.875
书　　号 / ISBN 978-7-5426-4998-0/I·968
定　　价 / 39.00 元

敬启读者,如发现本书有印装质量问题,请与印刷厂联系 021-66019858